壞心姑媽

大衛·威廉 著
東尼·羅斯 繪
高子梅 譯

晨星出版

獻給馬雅、

愛麗絲和米奇

謝謝大家

我想謝謝以下這些人：

HarperCollins出版社的大老板Charlie Redmayne。

社裡童書部的頭頭兒Ann-Jannine Murtagh。

我那才華橫溢的編輯Ruth Alltimes。

偉大的Tony Russ，是他用最神奇的插圖讓這故事活了起來。

封面設計師Kate Clarke。

設計內頁的Elorine Grant。

負責公關宣傳的Geraldine Stroud和Sam White。

我的文學經紀人Independent人才庫公司的Paul Stevens。

幫我製作有聲書的的Tanya Brennand-Roper。

最後我最感謝的當然是Barbara Stoat太太，謝謝妳幫我寫了所有的書。

我衷心希望妳這本書也寫得很愉快。我本人還沒讀過，所以我完全不知道書裡在說什麼。

大衛・威廉

目錄

這是薩克斯比大宅，
也是故事發生的所在地。

這是薩克斯比大宅的內部。

這是大宅和屋外環境的地圖。

花房
大門

前言

你有一個壞姑媽嗎？她從來不准你熬夜看你最愛看的電視節目？又或者你姑媽硬逼著你要吃完那塊噁爛的芋頭粿？一勺都不能少，哪怕她知道你很討厭吃芋頭。也或者你姑媽才剛跟她的貴賓犬法式舌吻之後，就湊過來親得你滿臉口水？或是你姑媽會把盒子裡最好吃的幾種巧克力全都掃光，只留下難吃的黑莓甜酒口味？也或許你姑媽堅持要你穿上她在聖誕節幫你織的針織套頭毛衣，害你身上奇癢無比，而且毛衣前面還有幾個斗大的紫色字寫著：我愛姑媽。

但不管你的姑媽有多糟，都絕比不上我的阿柏塔姑媽來得可怕。

阿柏塔是有史以來最壞的姑媽。

你想要見見她嗎？

是哦？我想你會想見她的。
她全身上下的行頭更是恐怖加三級。

你是不是坐立難安了？那我開始說囉……

見見故事裡的其他角色吧……

年紀很輕的
史黛拉・薩克斯比女爵

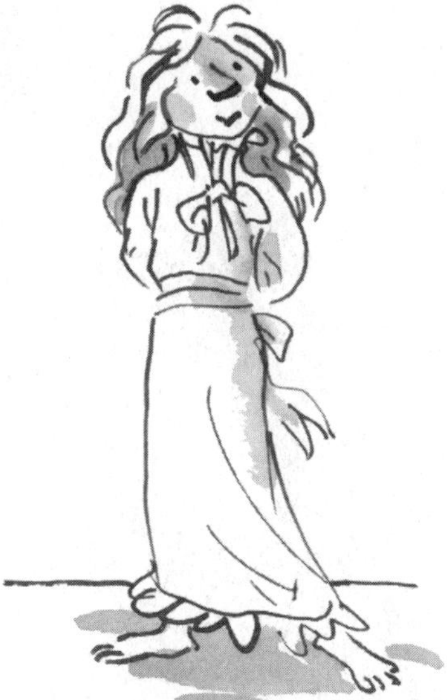

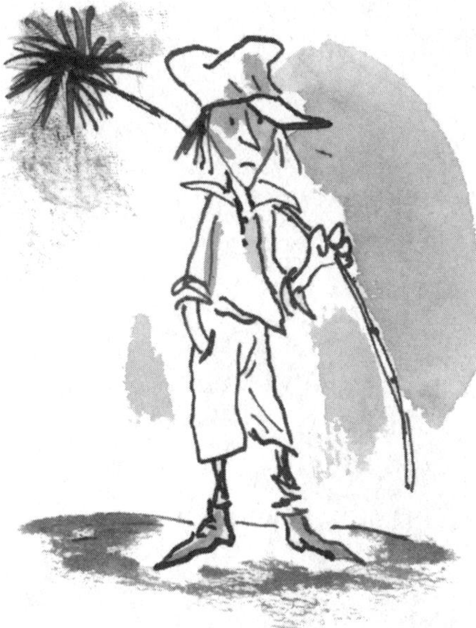

這位是煤渣，
他是個煙囪清潔工。

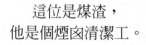

瓦格納是一隻大巴伐利亞山貓頭鷹

史特勞斯警探
是個警察。

吉伯是薩克斯比大宅的
老管家

1 冰封

一切模模糊糊的。

一開始只有顏色。

後來出現線條。

這房間在史黛拉朦朧的視線裡終於慢慢成形。

小女孩這才明白她是躺在自己的床上。她的房間在這棟鄉間豪宅裡只是無數個房間裡的其中一間而已。她的右邊站著衣櫃，左邊蹲著小化妝台，剛好框在一扇長窗裡。史黛拉對自己房間的擺設就像對自己的臉一樣熟到不能再熟。薩克斯比大宅就是她家。只是這一刻不知道怎麼搞的，一切好像變得有點怪。

外面一點聲音也沒有。這房子以前不曾這麼安靜。

一切靜悄悄的。床上的史黛拉轉頭望向窗外。

一片雪白。已經下過雪，厚重的積雪覆蓋了眼前所有一切，包括綿長的草坡、廣袤深幽的湖泊，甚至莊園外面的空曠野地。樹枝上還垂掛著冰柱。一切都被冰封了。

太陽失去蹤影，天空像黏土那般灰白。不像晚上，也不像白天。究竟是清晨還是深夜？小女孩一點頭緒也沒有。

史黛拉覺得她好像一直

都在睡。她到底是睡了幾天？還是幾年？她的嘴巴像沙漠一樣乾，身體像石頭一樣重，而且跟雕像一樣動也不動。

小女孩一度以為還在睡夢中，只是做夢夢見自己在臥室裡醒來。史黛拉以前也做過類似的夢，感覺很恐怖，因為不管怎麼使力，她都沒辦法動。難道又是同樣的惡夢？還是另一個更凶險的夢？

為了測試自己是不是還在睡夢中，小女孩心想她應

該試著動動看。於是她從四肢的最末端開始，先試著搖動自己的小腳趾。她心想如果她是醒著，那麼應該想動腳趾就可以動腳趾。但是不管她怎麼試，都動不了——別說動了，連抖一下都不行。她努力地想動一動左腳的每根腳趾，一根接一根地試，然後再換右腳的腳趾，可是全都沒反應。她愈試愈慌，只好改去試著轉動兩腳腳踝，又試著伸長兩條腿和彎曲膝蓋，最後全神貫注地盡量舉起雙臂。但一切全是徒勞。感覺就像頸部以下全被埋進沙子裡。

史黛拉聽見房門外有聲響。這屋子已經在薩克斯比家族代代相傳了幾百年歷史，它老舊到所有東西都會嘎吱作響，空間也大到每一種聲響都會在猶如迷宮的走廊裡迴盪。有時候小史黛拉會以為這屋子在鬧鬼。鬼魂會趁深夜時在薩克斯比大宅裡鬼祟走動。她很小的時候，每次上床睡覺，都覺得好像聽到有什麼東西在她牆壁後面走動，有時甚至聽到有人在叫她，嚇得她趕緊衝進爸媽房間，爬上他們的床。她爸媽會緊緊摟住史黛拉，告訴她不要自己嚇自己。這些奇怪的聲音只是屋子裡管路的撞擊聲和地板的嘎吱聲響。

史黛拉不太相信這說法。

她眼睛掃向臥室那扇很大的橡木門，齊腰處有一個鑰匙孔，不過她從來不鎖門，甚至不知道鑰匙到哪兒去了。很可能早在一百年前就被某個曾曾曾祖輩的誰誰誰給搞丟了，一定是薩克斯比大宅歷代主人或女主人的其中一位，走廊牆上每隔幾步就有一幅他們各自的油畫肖像，一字排開，表情全都一絲不苟。

鑰匙孔本來有光透進來，但突然黯掉。小女孩好像看到鑰匙孔裡有顆眼珠正往房裡窺看，但很快又消失不見。

「媽媽？是妳嗎？」她出聲喊道。史黛拉聽見自己響亮的聲音，於是知道這一切不是夢。

房門後面安靜到有點詭異。

史黛拉鼓起勇氣又問了一次。「是誰？」她懇求道。「拜託你說話啊！」

房門外的地板嘎吱作響。不知道是誰一直隔著鑰匙孔在窺看她。

門把緩緩轉動，那扇門慢慢被推開。臥房很暗，但走廊是亮的，所以女孩一開始只看到一個暗色輪廓。

而這輪廓的橫寬和身高不相上下。雖然體型很寬，並不代表個子很高。對方穿著一件量身訂做的外套和一條燈籠褲（這種鼓起來的及膝短褲是打高爾夫球的人有時會穿的褲子），頭上戴著一頂獵帽，兩邊帽耳呆板地下垂，嘴裡叼著一根又粗又長的菸斗。沒多久，房裡便瀰漫著那令人作嘔的菸草味和裊裊煙霧。其

中一隻手戴著很厚的皮手套，從輪廓上來看，鐵定有隻貓頭鷹棲在手上。

史黛拉立刻猜到對方是誰。是她那怪里怪氣的阿柏塔姑媽。

「孩子，妳總算醒了。」阿柏塔姑媽說道。這女的聲音厚重低沉，像是加了酒的蛋糕。她從門口走進她姪女的房間，棕色的大鋼頭靴沉重地踏在地板上。

史黛拉現在終於可以就著昏暗的光線看清楚她外套上的斜紋圖案，還有那雙緊抓住皮手套的尖長鳥爪。那是大巴伐利亞山貓頭鷹，算是貓頭鷹裡頭體型最大的品種。在巴伐利亞的村子裡，這種貓頭鷹因龐大的體型而被當地人稱之為「會飛的熊」。貓頭鷹的名字叫瓦格納。對這種很罕見的寵物來說算是罕見的名字，不過話說回來，阿柏塔姑媽本來就不太正常。

「姑媽，我到底睡了多久？」史黛拉問道。

阿柏塔姑媽先從菸斗裡深吸了一口，才又微笑回答：「哦，只有幾個月而已，孩子。」

2 嬰兒不見了

在我們繼續說這個故事之前，得先跟你們說一點阿柏塔姑媽的事，還有她為什麼會這麼壞。

從族譜裡可以看得出來，阿柏塔是三個孩子裡頭年紀最大的。她是薩克斯比爵士和夫人的長女，後面是她的兩個雙胞胎弟弟赫柏特和卻斯特。可是赫柏特——也就是雙胞胎裡的哥哥——還在襁褓時就遭遇不幸。身為長子的赫柏特本應在他父親過世之後，承襲薩克斯比爵士的頭銜，繼承所有家產，包括這個家族的屋子薩克斯比大宅以及世代傳

薩克斯比
家族族譜

阿柏塔
（1868-）

赫柏特
（1880-?）

卻斯特・薩克斯比爵士
（1880-）

愛蜜莉・薩克斯比夫人
（娘家姓氏：史邁斯）

史黛拉
（1920-）

這是薩克斯比家族的族譜。

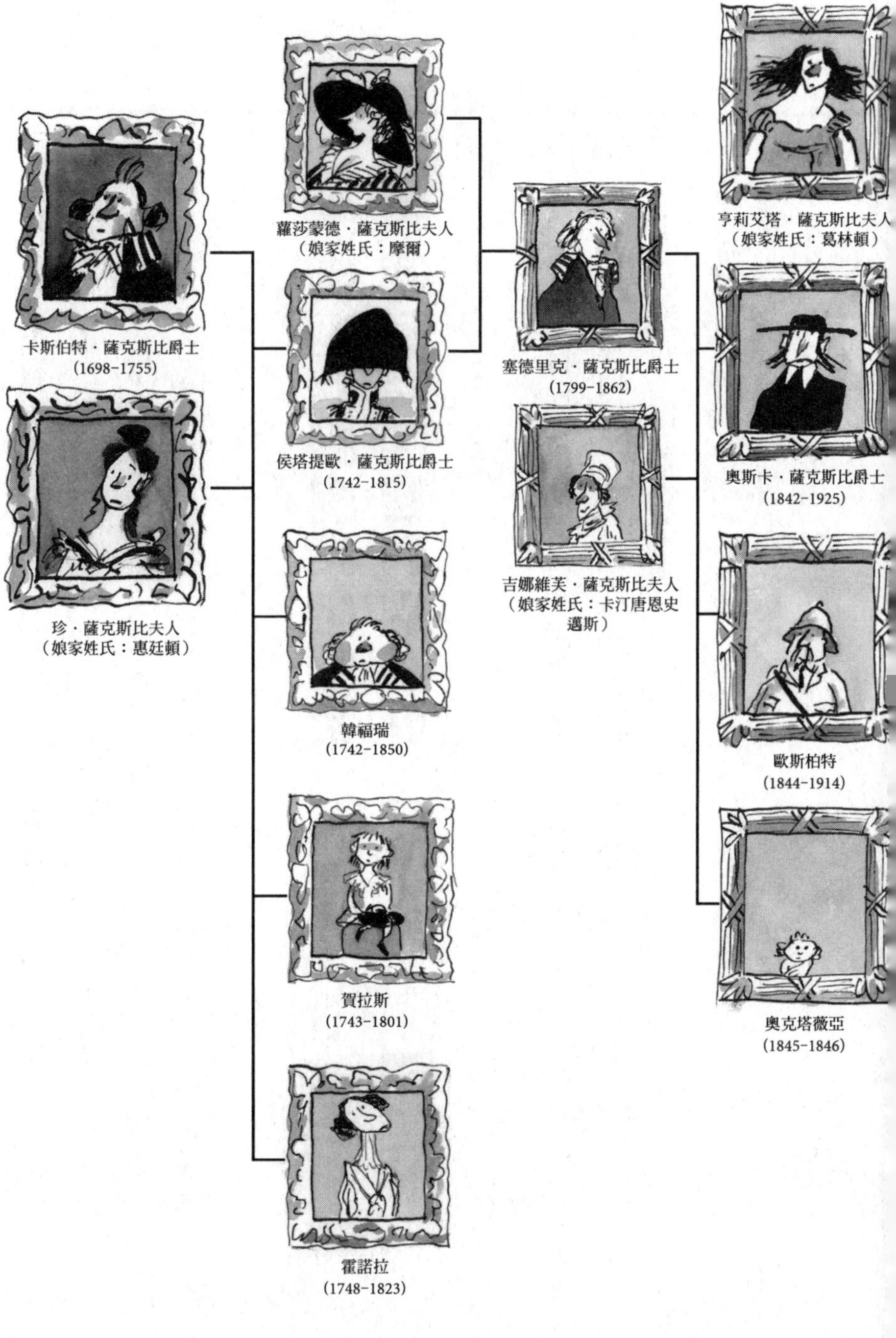
卡斯伯特・薩克斯比爵士
（1698–1755）
珍・薩克斯比夫人
（娘家姓氏：惠廷頓）
蘿莎蒙德・薩克斯比夫人
（娘家姓氏：摩爾）
侯塔提歐・薩克斯比爵士
（1742–1815）
韓福瑞
（1742–1850）
賀拉斯
（1743–1801）
霍諾拉
（1748–1823）
塞德里克・薩克斯比爵士
（1799–1862）
吉娜維芙・薩克斯比夫人
（娘家姓氏：卡汀唐恩史邁斯）
亨莉艾塔・薩克斯比夫人
（娘家姓氏：葛林頓）
奧斯卡・薩克斯比爵士
（1842–1925）
歐斯柏特
（1844–1914）
奧克塔薇亞
（1845–1846）

下來的金銀財寶。因為繼承法規定家族的第一個長子有權得到所有一切。

但是赫柏特出生沒多久，便發生了前所未見的神祕事件。小嬰兒竟在半夜失蹤了。向來寵愛孩子的薩克斯比夫人晚上把他放進嬰兒床裡睡覺，但等隔天早上再回到嬰兒房的時候，他竟然不見了。驚慌失措的她，痛苦尖嚎，聲音響徹整棟大宅。

「啊啊啊啊啊啊哦哦哦哦哦哦哦哇哇哇哇啊啊啊啊啊啊！！！！！」

附近的鎮民和村民都自動自發地出來幫忙搜找。他們不分日夜地花了好幾週的時間，地毯式地搜索了四周近郊，但就是找不到他的蹤影。

阿柏特的弟弟失蹤時，她才十二歲。家裡的氣氛從此變了。其實令她父母最心痛的不是小赫

柏特的失蹤，而是不知道他究竟出了什麼事。雖然他們還有卻斯特（史黛拉的父親），但他們使終沒辦法走出痛失長子的那種陰影。

那件失蹤案成了當時最令人費解的謎團之一。

於是乎，各種離奇的故事穿鑿附會在小嬰兒的失蹤事件上。當時年紀還小的阿柏塔信誓旦旦地說，那天晚上她聽到屋外的草地上有狼嚎聲。這女孩相信是野狼在半夜裡偷走了她弟弟。可是薩克斯比大宅

方圓一百英里內的地方都沒有找到狼的蹤跡。沒多久這推測便不了了之。也有人說是一個來此地演出的馬戲團偷偷擄走赫柏特，還將他打扮成小丑，讓人認不出來。但也有人堅信是這個小嬰兒不知怎麼搞地自己爬出嬰兒床，然後又爬出屋子。在這些穿鑿附會的故事裡頭，最扯的一個是這小男孩是被一群邪惡的精靈拐走。

但不管這些揣測有多離奇，都找不回赫柏特了。幾年光陰過去了，日子照樣得過，但對赫柏特的父母親來說則不然。從孩子失蹤的那一刻起，薩克斯比爵士和夫人的時間就彷彿被凍結了，他們從此不再出現公共場合，也無法再展笑顏。那種痛失孩子的感覺……那種不知孩子下落的感覺……令他們難以承受。他們幾乎不吃不睡，在薩克斯比大宅裡像行屍走肉一樣。據說他們最後是因心碎而死。

3 惡劣的小孩

小嬰兒赫柏特不見了，卻斯特（史黛拉的父親）成為繼承人。但在成長的過程中，阿柏塔對他非常惡劣。當時仍是孩子的她，竟然：

- 送她弟弟一隻超毒的狼蛛當聖誕禮物。

• 收集石頭，把糖粉灑在上面，假裝那是石頭蛋糕，拿給她弟弟吃。

• 把他夾在晾衣繩上，還讓他掛在那裡一整個下午。

• 趁他爬樹的時候，把樹砍倒。

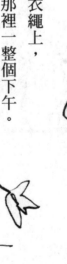

•跟他玩捉迷藏，等到他躲起來後，自己卻跑去渡假。

•趁他轉過身去餵鴨子時，把他推進湖裡。

•抽掉他生日蛋糕上的蠟燭，改插黃色炸藥管。

- 在遊戲室裡抓住他的腳踝快速旋轉，再突然放手，讓他摔飛出去。
- 剪掉他腳踏車上的煞車線。
- 拿出一碗活生生的蚯蚓餵他吃，還說那是「特製的義大利麵」。

•玩雪球大戰時，在板球外面裹一層雪，朝他砸過去。

•把他鎖在衣櫥裡，再把衣櫥推下樓梯。

•趁他睡覺時，把蜈蚣放進他耳朵，害他醒來嚇得尖叫。

•在海灘上，把他埋進沙子裡，只留一顆頭在外面，漲潮時，留他一人在那裡。

儘管如此，卻斯特還是對他姊姊很好。薩克斯比爵士和夫人過世後，他繼承了薩克斯比大宅，決心全心全意地好好管理這棟老宅。新任的薩克斯比爵士就像他父母一樣很愛這棟屋子。但他生性大方，所以把家族大半的金銀財寶都分給了他姊姊阿柏塔。

加總起來的價值起碼有上萬英鎊。然而，在很短的時間內就被這女的全輸光了。

那是因為阿柏塔很沉迷一種遊戲。

挑圓片遊戲。

這遊戲在當時很盛行，它是靠一個罐子和幾個不同尺寸的圓片在玩，這些圓片也叫做「眨眼兒」。

玩法是利用手中的大眨眼兒，也叫做「松鼠片兒」*。把小眨眼兒彈進罐子裡，愈多愈好。阿柏特從小就逼著卻斯特陪她玩。但卻斯特怕她玩輸了會把整罐眨眼兒往屋子裡砸，於是都故意讓她贏。但阿柏特不只輸不起而已，還喜歡作弊。她從小就自己訂出一套玩法，完全違反遊戲規則。

＊松鼠片兒：原文 squidger，為 squirrel（松鼠）和 badger（獾）兩字的結合。

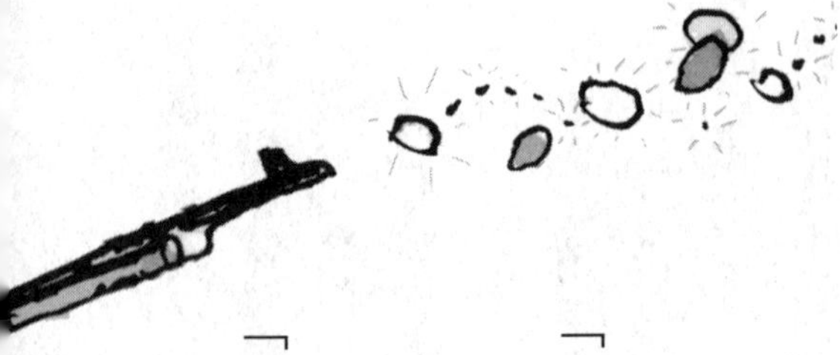

「美味大餐」——把對手的松鼠片兒吃掉。

「心狠嘴快」——趁你的對手正要玩的時候，咬住對方的手。

「無影偷渡腳」——把對手的眨眼兒全藏進自己的球鞋裡。

「神射快槍俠」——用空氣來福槍把自己的眨眼兒全轟進罐子裡。

「火烤小薯片兒」——火烤對手的所有眨眼兒。

「膝級大地震」——輪到對手的時候，就用膝蓋猛撞遊戲的桌子，害它晃動。

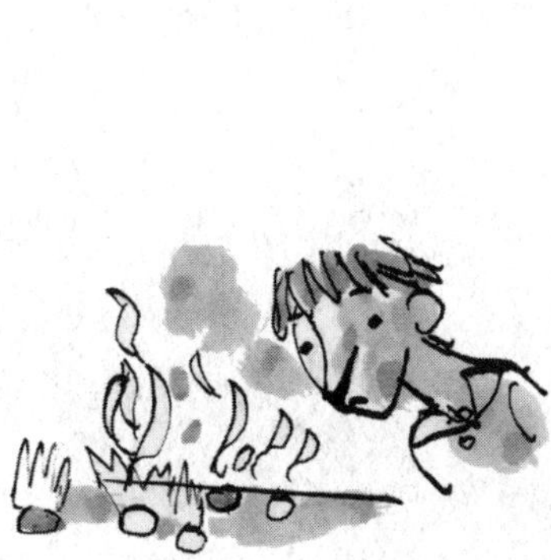

「天外飛來一隻鳥」——當對手的眨眼兒飛在半空中時，就會被一隻受過高度訓練的猛禽張嘴半路攔截。

「吸星大法」——把對手的眨眼兒全黏在桌上。

「貍貓換太子」——趁對手沒留意的時候，拿更高的罐子換掉原來的罐子，害對手無法彈進任何眨眼兒。

「有屁快放」——把屁對準對手的松鼠片兒，於是好一會兒都沒人敢使用它。

有一年聖誕節，卻斯特幫他姊姊買了一本眨眼教授寫的《挑圓片遊戲規則大全》，希望他們可以一起參考裡頭的規定，改掉她愛作弊的壞習慣。可是阿柏特根本拒絕打開那本書。最後那本書的下場是被擺在薩克斯比大宅那偌大圖書室的架子上積灰塵。

從小阿柏塔就好勝到近乎可笑的地步。她一定要贏，一而再，再而三。「我最棒，ㄅ～ㄧ～ㄤ棒！」她會反覆這樣大喊，但她的注音爛透了！只不過這種想要贏過每個人的好勝心理反倒害慘了她的家人。這都得怪卻斯特對她太好，她一拿到薩克斯比家族的部分財產，就全賭光了。她跑到蒙地卡羅的賭場裡，在挑圓片遊戲桌上跟人家豪賭，結果不到一個禮拜，便輸光了所有的錢——數萬英鎊通通沒了。後來她溜進她弟弟的書房，偷他的支票簿，偽造他的簽名，暗地領光卻斯特銀行戶頭裡的錢。然後不到幾天，就把她弟弟的錢輸光了，而且是輸到一毛不剩。家族從此負債，再也不可能恢復過往榮景。

卻斯特被迫賣掉手邊能找到的所有個人財產，包括古董、繪畫、毛皮大衣、甚至他愛妻的訂婚鑽戒。它們全被送進拍賣所，好讓薩克斯比爵士得以保住祖產——這棟已經有幾百年歷史的薩克斯比家族祖產。但問題是薩克斯比大宅就跟其它任何大宅一樣雇用了一票人在維持房子的運作，包括一個廚師、一個奶媽、一個司機和多名女傭。但因為錢全被阿柏特揮霍光了，他們再也拿不到薪水。銀行要求這些人必須被立刻解雇。郤斯特只能心情沉重地請他們走人。

但只留下一個——老管家吉伯。

薩克斯比爵士雖然已經十幾二十次地試圖知會吉伯得打包走人，但這位快一百歲的老僕人已老到了幾近全

聾和全盲，根本走不了。哪怕對著他的耳朵大吼，這位老先生還是什麼都聽不到。吉伯已經為薩克斯比家族工作了好幾代。服務的時間久到自己都幾乎成了這個家族的一分子。

卻斯特是吉伯看著長大的，

心裡很愛吉伯，把他當成了一位古怪的自家叔叔，所以暗地裡還挺高興吉伯能留下來的，尤其他很清楚這個老管家也根本無處可去。

於是吉伯繼續在薩克斯比大宅裡晃來晃去，盡忠職守地工作，只是他常常搞砸，因為他會：

- 用除草機幫地毯除草。
- 拿著一只堆滿臭襪子的托盤，大聲宣布：「老爺，下午茶時間到了。」

•用熨斗來燙平植物。

•幫沙發澆水。

•半夜的時候敲鑼宣布：「晚餐準備好了。」

•把煮過的撞球放進蛋盅裡，送上早餐桌。

・幫草地上蠟拋光。

・煮沸你的鞋子。

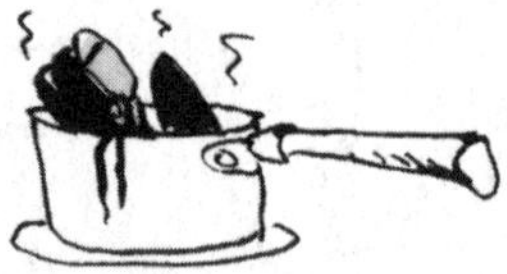

・把燈罩當電話一樣拿起來說：「這裡在舉辦薩克斯比舞會，請問您哪位？」

・牽地毯去遛。

・把雞放進勞斯萊斯車的後行李廂裡去烤。

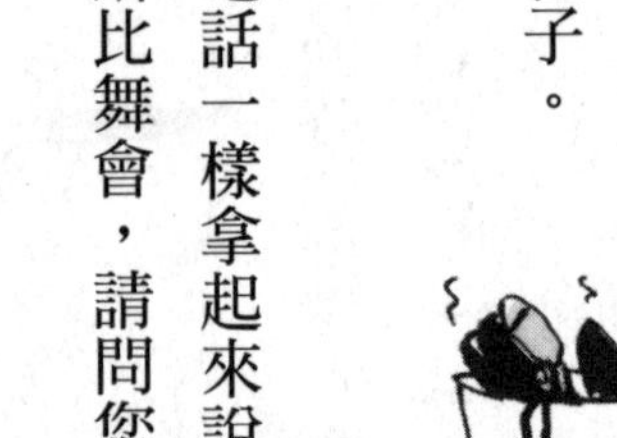

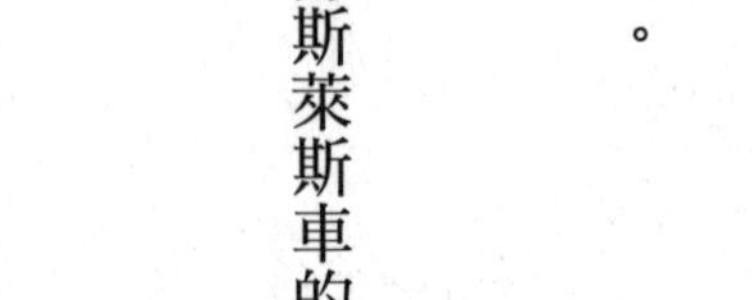

史黛拉的父母為了保住屋子和地產，不眠不休地努力工作。但薩克斯比大宅對他們來說實在太大了，免不了會有年久失修的問題。於是沒多久，住在大宅裡的他們便再也負擔不起暖氣或照明的費用，也無法繼續再開那輛老勞斯萊斯車，因為他們快要負擔不起油費。現任的薩克斯比爵士卻斯特，只能靠他僅餘的個人魅力來暫時壓住倫敦那位氣呼呼的銀行經理。

史黛拉出生時，他下定決心，這個祖產未來一定要由他女兒繼承，就像他當年繼承他父親的祖產一樣。至於他姊姊阿柏塔早已證明並不值得被信賴，薩克斯比大宅絕對不能託付給她。於是卻斯特在遺囑裡把自己的心願寫得一清二楚。

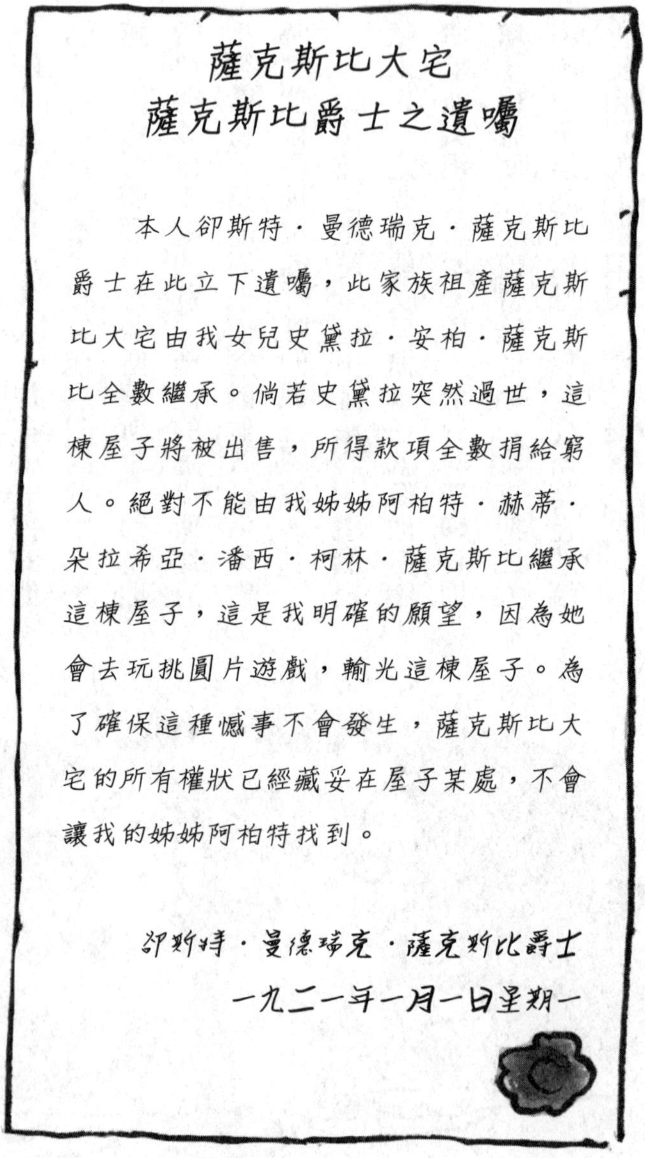

薩克斯比大宅

薩克斯比爵士之遺囑

本人卻斯特・曼德瑞克・薩克斯比爵士在此立下遺囑，此家族祖產薩克斯比大宅由我女兒史黛拉・安柏・薩克斯比全數繼承。倘若史黛拉突然過世，這棟屋子將被出售，所得款項全數捐給窮人。絕對不能由我姊姊阿柏特・赫蒂・朵拉希亞・潘西・柯林・薩克斯比繼承這棟屋子，這是我明確的願望，因為她會去玩挑圓片遊戲，輸光這棟屋子。為了確保這種憾事不會發生，薩克斯比大宅的所有權狀已經藏妥在屋子某處，不會讓我的姊姊阿柏特找到。

卻斯特・曼德瑞克・薩克斯比爵士

一九二一年一月一日星期一

薩克斯比爵士將這遺囑列為最高機密，不讓他姊姊知道。因為要是被他姊姊發現了，一定會大發雷霆。

4 大巴伐利亞山貓頭鷹

我聽到你們在問，阿柏塔姑媽怎麼會養一隻大巴伐利亞貓頭鷹呢？為了回答這個問題，我必須帶你們再次回溯從前，甚至回溯到小史黛拉出生之前。

阿柏塔在蒙地卡羅的拍圓片遊戲桌上輸光家裡所有財產之後，沒過多久，歐洲便加入了戰爭。郤斯特以軍官身分進陸軍服役，在法國的戰場上英勇作戰而獲得無數勳章。在此同時，他姊姊也從軍入伍，但郤是被派到巴伐利亞的森林裡當機槍手。這對一個英國人來說極不尋常，因為她選擇站在德國佬那邊。阿柏特的理由是，她比較喜歡德國佬的制服。她覺得她戴上德國軍人那頂被稱為**釘盔**的釘穗頭盔時，簡直性感極了。這你們就自己去判斷吧……

阿柏塔從小就常做一件事，她會去偷一些珍禽的蛋。阿柏塔知道大巴伐利亞山貓頭鷹也是這世上的珍禽之一，於是當她在林子裡站哨時，一瞄見有鳥巢，便爬上樹，偷了鳥巢裡的蛋，然後坐在蛋上面，直到孵化，再用她最喜歡的德國作曲家*的名字幫小貓頭鷹取名為「瓦格納」。

沒多久，戰爭結束。而作為戰敗方的阿柏塔一想到要被送進戰俘營裡，就覺得不有趣，於是偷走一艘齊柏林飛船，那可是德國的大型軍用飛艇。她先把小貓頭鷹瓦格納四平八穩地藏在手臂底下，然後就升空了。一開始很順利，她開著齊柏林飛船飛了好幾百英里，橫越歐洲大陸。但在她飛越英吉利海峽，多佛港的白色懸崖赫然在目時，一件慘劇發生了。她頭盔上的釘穗戳破了頭頂上方的氣室，

*順道告知，這位作曲家的名字就叫瓦格納。

飛船倏地噴出熱氣。因為說穿了，飛船也不過就是巨大的熱氣球罷了。只見它在空中一路放著響屁，飛快前進，最後**噗咚一聲**撞進海裡。

阿柏塔好不容易游上岸，小貓頭鷹（體型還是比一般的貓頭鷹大）則顫巍巍地棲在她頭上。

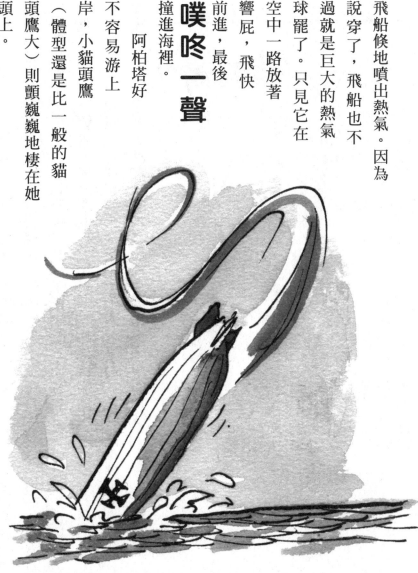

等她安全地返抵薩克斯比大宅後，就開始訓練這隻鳥。瓦格納從沒見過自己的鳥媽媽和鳥爸爸，所以很快就接受了阿柏塔，把她當成自己的媽媽。這女的也確實會拿活生生的蟲和蜘蛛來餵小貓頭鷹吃，而且是親自用嘴餵，直接吐進牠的鳥喙裡。隨著瓦格納漸漸長大，餵牠吃的東西當然也愈來愈有看頭。沒多久，連老鼠和麻雀也都在列，全是她設陷阱捕來的。食物成了阿柏塔對牠的獎賞，久而久之，也就教會了牠幾招很令人刮目相看的招數：

• 幫她拿拖鞋。

• 一邊飛一邊翻跟斗。

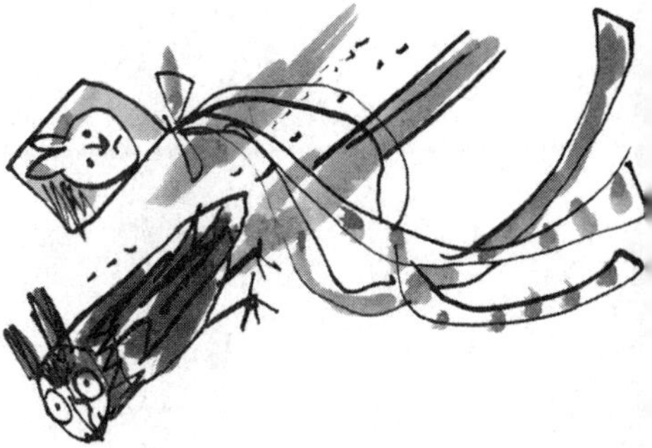

•空中偵察（這是她參加第一次世界大戰時，學到的軍事術語，意思就是從空中蒐集情報）。

•俯衝轟炸小朋友的風箏。

•從晾衣繩上偷走老太太的內褲。

•村裡在辦夏季露天遊樂會時，直接從空中丟臭彈下來。

•在方圓一百英里內飛遞信件或包裹。

•和她合唱她最喜歡的德國歌劇。只是聽眾會聽得很痛苦，因為阿柏塔姑媽的歌聲比貓頭鷹的叫聲更令人不敢恭維。

•想小便時，會尿在一個特製的貓頭鷹便斗裡。

•會俯衝襲擊小貓，連皮帶骨地一口吞下牠們。

•會做蘋果餡餅。

舉凡貓頭鷹術、貓頭鷹學、貓頭鷹誌、貓頭鷹法，要怎麼說都行，反正阿柏塔已儼然成為專家。*1

*2 英石：重量單位，相當於14磅或6．35公斤。

沒多久，她就和她心愛的瓦格納成了貓頭鷹賞鳥圈裡的名人。他們甚至還幫猛禽專家才會看的幾家刊物拍了照片，譬如《我的貓頭鷹》、《就是貓頭鷹》、《貓頭鷹！》、《貓頭鷹、貓頭鷹、貓頭鷹》、《貓頭鷹專刊》、《成熟貓頭鷹》、《貓頭鷹賞鳥月刊：貓頭鷹和貓頭鷹粉的專屬雜誌》。有一次，他們甚至一起出現在《咕咕嚕嚕》的封

*1 或者正確的貓頭鷹術語應該是「貓頭鷹師」。

面裡，這本雜誌可是相當於貓頭鷹世界裡的《哈囉》雜誌。

內頁甚至有長達十二頁的「居家」照片和長篇訪談，談他們是如何相遇，對未來有何共同計畫。當然瓦格納的回答一律是嘎嘎叫。阿柏塔和瓦格納、瓦格納和阿柏塔永遠焦不離孟、孟不離焦。

這對夥伴會騎著摩托車到處旅行，瓦格納總是坐在邊車裡，戴著跟阿柏塔一樣的皮製飛行帽和護目鏡。

更詭異的是，阿柏塔和瓦格納甚至還同床共寢。史黛拉夜裡幫她姑媽送雪利酒時，都會看見阿柏塔和瓦格納穿著同款的條紋睡衣，蓋著棉被，在床上看當天的報紙。還有一次史黛拉甚至聽過他們一起洗澡的潑水聲。這實在太不正常，而且絕對不衛生，尤其對貓頭鷹來說。

但這種親密的人鳥關係是有目的的。長久以來，阿柏塔姑媽一直在訓練她的貓頭鷹遵守她的每道命令，甚至要牠去做一些見不得人的勾當。

5 木乃伊

既然已經弄清楚了阿柏塔和那隻大巴伐利亞山貓頭鷹之間關係的來龍去脈之後，我們就再回到原來的故事裡。

在薩克斯比大宅的頂樓，也就是史黛拉的臥室裡，小女孩正躺在自己的床上，有個黑影慢慢朝她陰森逼近。那是她的阿柏塔姑媽和棲在姑媽手上的寵物貓頭鷹瓦格納的影子。

史黛拉聲音沙啞地問她姑媽：「我不懂，為什麼我睡了好幾個月？」

阿柏塔想了一下，然後從口袋裡抓住一隻老鼠的尾巴，把牠掏出來，丟進瓦格納的嘴裡。這隻鳥一口囫圇吞下那隻倒楣的老鼠。

「因為出了意外……」那女的回答。

「意外？什麼意外？」史黛拉追問。

阿柏塔姑媽朝女孩的床鋪趨近，一隻手擱在她的毯子上。

「就是害妳變成這樣的那場意外……」

說完那女的竟誇張地猛地拉開毯子。史黛拉驚恐地往下看，發現自己全身被繃帶裹住，就像古代的埃及法老王被做成木乃伊放進金字塔的模樣。

「妳身上的每根骨頭都斷了。」

「不——！」

小女孩大叫。

「真——的——！」阿柏塔回答，而且還故意學她姪女的語調。「每根骨頭都碎成好幾百

片，全身就像一塊搖來晃去的果凍，我們得小心翼翼地把妳舀起來！」

「怎麼可能……？發生什麼事了？我爸和我媽呢？」史黛拉追問。小女孩心裡的疑問多到像連珠砲一樣齊發。

阿柏塔姑媽微笑以對。她抽了一口菸斗，朝她姪女臉上吐出幾口煙。「哦，妳問的問題真多！別急，孩子。」

「可是我要知道啊！」史黛拉逼問。「現在就要知道。」

阿柏塔嘖了一聲。「也許妳想先玩一盤挑圓片遊戲？」

女孩不敢相信她所聽到的。「妳在說什麼？」

那女的不管三七二十一地從女孩房裡的架子上掏出一個盒子，擺在床上。

「妳挑錯時候了吧！」史黛拉說道。

「什麼時候都可以玩挑圓片遊戲啊！」阿柏塔姑媽說道，同時忙著把遊戲裡的道具全擺出來。「我先哦！」她興奮地說道，隨即壓下她的松鼠片兒，把其中一個眨眼兒彈到空中，鏘地一聲命中罐子裡。

鏘！

「我得了一百萬零七分，該妳了！」

史黛拉瞪著她姑媽看，憤怒到眼珠都凸了出來。

「哦，我真笨！我忘了。妳兩隻手臂都斷了。看來這盤我贏了。」

「我本來就沒有要玩。」

「史黛拉，沒有人喜歡輸不起的人哦。」

「我想知道我爸媽怎麼了？」女孩喊道。

阿柏塔搖搖頭，不太認同她的行徑。「如果妳能安靜下來，妳ㄍㄨˇㄍㄨˊ就會告訴妳發生什麼事哦。」她常喜歡學小孩的腔調說話，史黛拉每次聽到就覺得渾身起雞皮疙瘩。「妳完全想不起來意外的經過嗎？」

「我想不起來。」不管史黛拉怎麼努力地想，都記不起來任何事情。她的頭一定撞得很嚴重。但究竟是怎麼撞的呢？「拜託告訴我！」

「天啊、天啊、我的天啊！」

「怎麼了？告訴我！求求妳！」
「噓，安靜！」這女的嘶聲說道。
小女孩沒有別的選擇，只好閉上嘴巴。
「現在姑媽要開講囉。」那樣子活像她要說床邊故事似的。「那是一個下雨天的早上，妳坐在妳爸爸那台勞斯萊斯車的後座，正在往倫敦的路上。妳爸爸跟銀行經理有約，所以妳媽媽也趁這機會要帶妳參觀白金漢宮。但可惜妳可愛的姑媽沒跟著去。」
「為什麼？後來發生了什麼事？」
「可能妳爸爸有喝酒……」
「他從來不喝酒！」史黛拉反駁道。
「……那一定是他開太快了……」
「他從來不開快車。」
可是阿柏塔已經開始滔滔不絕了起來，根本無法被打斷。「妳爸爸開著勞斯萊斯車沿著海岸公路超速行駛，結果在急轉彎的時候，車子突然失控，然後……」這女的為了製造出戲劇效果，還刻意打住，似乎很樂於當個傳遞噩耗

的信差。

「然後呢？」

「它衝下懸崖！」

「不！」史黛拉放聲大叫。

「真的！撞上崖底的岩石。」阿柏塔說道，然後又自動加了聲效。

「砰！！！」

史黛拉開始嗚咽。

「好了，好了。」阿柏塔說道，同時拍拍她姪女的頭，像在拍一條狗一樣。「我說孩子啊，妳能活著真是幸運。非常幸運。妳已經昏迷了好幾個月。」

「那我爸和我媽呢？」她哀求道。史黛拉很怕聽到噩耗，但她仍不願放棄希望。「他們在哪裡？他們也在這屋裡嗎？還是在醫院？」

阿柏塔盯著姪女看，看她臉上出現痛苦表情。

「哦，可憐啊，可憐的孩子。」阿柏塔搖搖頭，在床邊坐下來，可觀的重量害得彈簧床嚴重傾斜。她粗短的手指踮著腳尖似地偷偷爬過去，溼黏的大掌擱在小女孩那隻裹著繃帶的手上。史黛拉淚水盈眶，沒多久眼淚就順著臉頰狂瀉而下。

「拜託妳告訴我，我爸媽怎麼了？」

她姑媽的臉上劃過一抹笑容。「現在，我要告訴妳一個跟妳爸媽有關的壞消息……」

6 可怕的惡夢

「死了？」此刻的史黛拉已經被淚水淹沒。「求求妳，求求妳告訴我這一切只是一場可怕的惡夢！」

阿柏塔姑媽一臉同情地看著她姪女，然後從菸斗吸了一大口菸，同時思忖著該如何回答。「孩子，他們死了，就像死人一樣死了，死得比死人還要徹底。百分之百死了。事實上，已經徹底死到早在幾個月前就埋在地底下了。我不認為他們還有生還的希望。」

史黛拉的心裡頓時湧現她和雙親的種種回憶。她爸爸帶她去湖裡划船，拿著划槳在船上耍寶，逗得她格格笑。她媽媽在大宅的宴會廳裡教她跳舞，繞著舞池不停轉圈圈。而這些記憶如今竟已然像是帶著沙沙雜音的老舊黑白膠片，影像模糊跳動，連聲音也像被蒙住了一樣。她努力地想要讓它們在腦海裡變得清晰，因為這是他們留給她僅剩的回憶。

「幾個月前？」史黛拉慌張地說。「所以我錯過了他們的葬禮？」

「呃……孩子，那天看著那兩副便宜的棺材併放在一起，實在令人非常難過。不過還好牧師有幫我打折，因為我們是一次辦兩個人的葬禮。」

「妳有幫我獻花給他們嗎？」

「沒有欸。因為老實說，他們都已經死了，根本不會知道妳有沒有獻花。」

小女孩不敢相信她耳裡聽到的。她姑媽

怎麼會如此冷漠以對自己的親弟弟和弟媳——也是史黛拉至愛的爸媽。雖然阿柏塔討厭薩克斯比爵士和夫人已不是什麼祕密，但他們還是對她很好啊。在薩克斯比大宅裡，甚至有專屬於阿柏塔的廂房。這女的不僅花光了自己的錢，也把她弟弟的錢花光了大半，要是沒有卻斯特，她早就無家可歸。但她從來沒有道謝過，甚至沒回以任何善意。

在史黛拉年紀還很小的時候，便已經注意到她姑媽對卻斯特的惡劣行徑。只要卻斯特開口說話，阿柏塔就翻白眼，只要他對她微笑，她就冷笑以對。家裡若有人過生日，阿柏塔一定溜回自己的花房，花房就位在草坡的山腳下。奇怪的是，雖說是花房，但那女的竟然用油漆把窗戶全漆黑。史黛拉相信這根本有違花

房的用途，因為這樣一來，陽光就照不進去了。哪有植物會在黑暗中長大？無論如何，反正那是阿柏塔會躲進去的地方，以徹底避開別人刺探的目光。

「所以我一直昏迷不醒？」史黛拉問道，她的嗚咽聲漸漸變小。

「是啊，好幾個月了。妳的頭在車子裡撞來撞去的，後來被救護車送進醫院裡。醫生和護士盡全力搶救。當然我每小時都會跟他們通電話，問他們我唯一的姪女情況如何。我好擔心妳會撐不過去。」

「可是要是我的骨頭還是碎的，為什麼沒待在醫院裡？」小女孩追問道。

那女的又抽了一口菸斗，花了點時間忖度。「我可愛的小姪女，因為有誰會比我更懂得如何照顧妳？醫院裡的人都很糟糕，沒一個好心眼。待在自家的床上養病，有我和瓦格納照看，不是更好嗎？對不對，瓦格納？」

這女的像往常一樣親了親貓頭鷹的鳥喙。史黛拉從以前就覺得這畫面很不舒服，會讓人看得不寒而慄。哪怕現在脖子以下都被繃帶裹住，她還是忍不住發抖。

「過去幾個月來，瓦格納把妳照顧得無微不至。妳現在就跟他的小貓頭鷹一樣哦。哈哈。」

「這話什麼意思？」

「哦，是這樣的，因為妳昏迷，很難餵妳吃東西。但我還是得餵，我意思是我得讓妳能活下去，所以我就把多汁的鼻涕蟲或甲蟲塞進瓦格納的嘴裡，他再大力咀嚼，然後在妳睡著時吐進妳的嘴巴裡。」

小女孩臉色頓時發青。「好噁心哦～！」

「瓦格納，你有沒有聽到她在謝謝我們？」阿柏塔姑媽說道。「好了，妳這個被寵壞的小孩，我們要走了。」說完，阿柏塔就站起來，傾斜的床面又彈回來，恢復正常。

「妳要去哪裡？」史黛拉追問道。

「哦，自從妳爸媽遭遇不幸之後，我就忙得不可開交。忙這個忙那個，有好多事要做哦！比如賣掉妳媽的衣服，燒掉妳爸的信和日記。」

「可是我想把它們留下來。」

「妳應該早點說。」

「我在昏迷欸！」史黛拉反駁道。

「這不是理由。哦，對了，有件事我得問妳。」

「什麼事？」

阿柏塔姑媽突然有點忸怩，好像變得很在意自己的用詞。「是這樣的，孩子，我一直在找薩克斯比大宅的所有權狀。」

「為什麼？」

「妳年紀還小，就得自己管理這棟老屋子，實在說不過去。妳幾歲啦？」

「快十三歲了。」史黛拉回答。

「所以算是十二歲。」

「是啊。」小女孩承認道。

「好吧，十二歲就只是個孩子而已。妳不覺得由妳最愛的ㄍㄨˇㄍㄨˊ來幫忙管理這棟屋子會比較好嗎？」

小女孩陷入沉默。她父親以前常告訴她，薩克斯比大宅將來會由她來繼承，史黛拉也承諾會為了薩克斯比家族的下一代，好好照顧這棟大宅。當然她

不可能全靠自己處理，但她不想要阿柏塔姑媽代勞。史黛拉完全不相信這女的。

「可是……」她出聲反駁。

「沒有可是！別拿這種事來煩妳的小腦袋瓜子了，好嗎？這種無聊的事交給大人來處理就好了。等我把這棟屋子天翻地覆地搜過一遍，找到那張所有權狀後，妳要做的只是簽名，把它過戶給我，讓它變成我的。哦，我意思是變成我的責任，讓我來幫忙管理這屋子。所以我有個小問題要問妳……」

「妳說。」

那女的換上笑臉，看起來像戴上一張假面具。「我在想妳知不知道那張紙在哪裡？」

史黛拉猶豫了一下。她爸媽告訴過她絕對不能撒謊。可是她腦袋裡有個小小的聲音在要求她一定要說：「不知道。」

小女孩的語調高了一度左右。阿柏塔姑媽顯然不相信。

「妳確定？」那女的把臉貼近她姪女，距離近到史黛拉不得不憋住氣，因為她姑媽滿嘴都是雪利酒的酒味和菸草的臭味。

「確定。」小女孩回答。史黛拉盡可能地不眨眼睛，以免洩露出自己的不安。但她實在不習慣說謊，以致於嘴乾得跟熱燙的沙子一樣，只好吞吞口水。

咕嚕！

「這位小姐，要是我發現妳在騙我，妳就要倒大楣了，記住我這句話，**ㄉㄠˇ倒、ㄉㄤˋ大、ㄇㄟˊ楣**，倒大楣！」沒錯，注音的確不是阿柏塔姑媽的強項。

「親愛的，以後有任何事情，只要按這個鈴就行了。」

阿柏塔從她斜紋軟呢外套的貼袋裡掏出一個很小的金色鈴鐺，鈴鐺外型是個迷你的貓頭鷹雕像。那女的搖了一下，就聽見那小到不能再小的**叮噹**聲。

「我或瓦格納會盡可能趕過來。」

「不要再讓那隻可怕的鳥用嘴餵我吃稀巴爛的蟲。」史黛拉喊道。

她高亢的聲音嚇到了瓦格納，貓頭鷹在女主人的手上跳上跳下，拍動翅膀，嘎嘎尖叫。這隻體積龐大的生物有一雙超大翅膀，以致於當牠拍動翅膀，

嘎嘎大叫時，掛在牆上的一幅照片竟應聲震了下來，掉在地上，玻璃當場碎裂。那是史黛拉爸媽的結婚照，也是她最喜歡的一張父母合照。當時他們是站在教堂外面合照，但如今那裡也是他們的埋葬處。照片中的他們看起來好年輕好相愛。她母親穿著飄逸的白色新娘禮服，看上去美到令人心痛，父親則戴著一頂發亮的黑絲綢高頂禮帽，身穿日間禮服，看起來英氣勃發。

阿柏塔姑媽彎腰撿起那張照片。「嘖嘖嘖……」她假裝關心地說道。「妳這個自私的小鬼，看看妳做了什麼好事，把可憐的小瓦格納嚇壞了。」那女的從相框裡抽出相片，用手揉成一團。「我幫妳把它丟進爐火裡好了。」

「不要！」史黛拉尖喊。「求求妳不要！」

「一點也不麻煩。」她姑媽回答。「在妳剛剛激動尖叫之前，我不就說過了，以後如果需要什麼東西，只要搖這小鈴噹就行了。」

「可是我要怎麼搖它？我的手臂又不能動！」史黛拉抗議道。

那女的往小女孩的床鋪探身過去。

「嘴巴打開！」她下令道，彷彿她是個惡魔牙醫。小女孩想都沒想地就照她吩咐張開嘴。阿柏塔姑媽當場把鈴鐺塞進她嘴裡。

看見姪女咬著鈴鐺的怪模樣，她竟咯咯笑了起來，連她的貓頭鷹也嘎嘎大叫，彷彿跟著大笑。這一對可怕的傢伙一路笑著朝房門走去，最後摔門離開。

砰！

喀答！

史黛拉聽見鑰匙上鎖的聲音。

她逃不出去了。

7 人體毛毛蟲

可是史黛拉必須試著脫逃。雖然這棟鄉間豪宅是她的家，但她不想跟這位舉止怪異的女士同住一個屋簷下。這女孩自小就覺得她姑媽怪怪的。比如說她有時會跟她姪女說床邊故事，不過都是扭曲版。因為在阿柏塔的故事裡，邪惡永遠是勝利的一方。

糖果屋

故事結局不是女巫被鏟進烤爐，而是那兩個小孩被鏟進去。女巫從此幸福快樂地住在糖果屋裡。

三隻小豬

壞蛋大野狼吹垮了三隻小豬的屋子，然後那一整個禮拜，牠每天早、中、晚餐都吃烤豬肉。

金髮姑娘和三頭熊

金髮姑娘狼吞虎嚥地吃完三頭熊的麥片粥，於是這三頭熊作為報復，也把她狼吞虎嚥地吃掉。

白雪公主

白雪公主發現了七個矮人的小木屋，他們立刻把她鎖進屋裡，要她幫他們煮飯和打掃。結果白雪公主從此每天都得徒手洗七個矮人的髒內褲。

睡美人

她從來沒有醒過來，只是在睡夢中不斷地放響屁。阿柏塔尤其喜歡製造響屁的音效，還搬出喇叭來誇大效果。

傑克與魔豆

傑克爬在魔豆上的時候沒抓好，結果摔下來，好巧不巧地砸在他媽媽頭上，**啪叮**地一聲發出巨響。

長髮公主

她變成了禿頭！因為那位俊帥的王子在試圖爬上高塔時，竟把她的假髮整個拔掉了。

青蛙公主

公主親了青蛙，結果感染到一種經由水傳播的疾病，害她的屁股都開花了。

比利山羊

住在橋底下的巨人吃掉了三隻羊，然後又吃掉橋，結果打了一個超大的**嗝**。阿柏塔姑媽像往常一樣喜歡自己製造音效。

小美人魚

故事結局是她淹死了。

這些扭曲版的故事證明了阿柏塔的個性有多扭曲。史黛拉一定要逃走。

小女孩一直等到她姑媽在長廊裡的腳步聲漸漸變小，直到最後消失，她才用舌頭把塞在她嘴裡、帶有鐵鏽苦味的鈴鐺頂開。滾落的鈴鐺掉在她肚子上。史黛拉低頭看看自己，只見脖子以下全被緊緊裹在繃帶裡，要是把繃帶一整個拉開，長度起碼有好幾英里。阿柏塔姑媽曾告訴她，她的每根骨頭都斷了，但真是這樣嗎？很可能這些繃帶只是用來綁住她。小女孩抬起頭，發現自己可以輕鬆地轉動脖子，一點困難也沒有。這也讓她意識到，要是她能掙脫這些繃帶，也許就能逃出去。

薩克斯比大宅離最近的村落只有幾英里遠，村落就座落在一大片沼澤地的盡頭。夜裡穿過它可能會有危險，但如果是白天，只要她跑快一點，也許一兩個鐘頭就能跑到最近的農莊。到時她再敲門拜託人幫忙。女孩一心想要親自找出真相，她想知道她爸媽是不是真的死了。

但在還沒逃離這棟屋子之前，得先掙脫身上的繃帶。

女孩開始左右搖晃身體，她發現原來她可以微微地搖頭，臉上總算露出一絲笑容。

左搖。

右扭。

左搖。

右扭。

就像鞦韆一樣，一次搖得比一次更用力。

左搖。

右扭。

鈴鐺從她肚子上滾落，掉在床底下的木頭地板上。

砰！

叮咚！

要從床上掉下去，還有段距離。她繼續左搖右扭。

左搖。

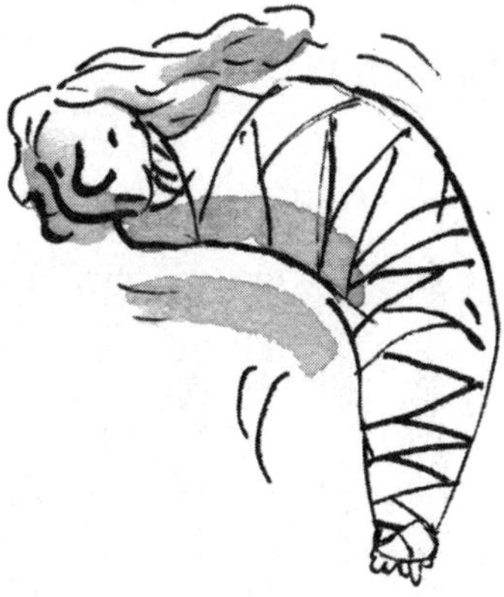

左搖。

現在有點進展了。

右扭。

右扭。

左搖。

她身子懸在床沿，突然好像失去重力，下一秒就臉朝下地趴在地上了。

「噢喔！」

她哀叫一聲，隨即暗自咒罵自己幹嘛叫出聲。

繃帶現在鬆脫了一點。史黛拉發現她可以稍微動一下腿和手臂了。這表示它們沒有斷，她恍然大悟。於是她沿著地板像毛毛蟲似地往前蹭。但過了一分鐘，女孩發現她只前進了幾英寸。

這太慘了。她躺在地板上，心想照這速度，起碼得花一個月才能爬到房門口，一年後才能爬到樓下。

除非掙脫掉繃帶，否則史黛拉哪兒也去不了。但要怎麼掙脫呢？她的手腳根本不能動。這時她突然有個點子。

她得靠咬功來逃出這裡。

史黛拉盡量把下巴往下壓，然後伸出舌頭，試著用舌尖勾住繃帶的一角。就像在露天遊樂場上想靠一根桿子勾住塑膠玩具鴨一樣，只是這比想像中難多了。她試了無數次之後，終於好不容易用牙齒咬住繃帶的末端。

她用嘴拉扯著繃帶，脖子不停往後扭，再左右甩動頭，試圖弄鬆它，等到鬆脫的繃帶被她拉扯出足夠的長度時，她就用嘴巴緊緊咬住，活像一條狗咬到一根很棒的棍子，死都不肯放。

然後史黛拉再蹭回床鋪那裡。儘管筋疲力竭，但意志極為堅定的她忙著把鬆脫的一端勾在彈簧床墊下面尖銳的金屬彈簧上，接著開始滾動自己。她不停地滾來滾去。滾愈久，繃帶就鬆脫得愈多。

有效欸！

她每滾動一次，就感覺到身體動的幅度又更大一點。過了不久，她竟能稍微搖晃自己的手臂了，連腳也能稍微動一下。

人體毛毛蟲正在孵化成蝴蝶。

儘管她疲累不堪，但即將重獲自由的亢奮感如電流灌入她全身。不久，她滾動的速度愈來愈快，開始可以大力地擺動手臂和兩隻腳。等到左手臂一掙脫出來，便趕緊伸手抓住繃帶的末端。

現在拆解的速度更快了。

接下來連她的右手臂也掙脫出來。她終於可以把繃帶往下拉扯，沒多久，連她的腿也踢掉了繃帶。她自由了。

她躺在房間地板上。這場漫長艱辛的脫身工

程終於結束。解下來的繃帶在旁邊捲成一團，活像她剛徒手宰殺了一條蛇。

史黛拉的房間在二樓。穿著睡衣的她爬向窗戶，俯瞰白雪覆蓋的草地，這才驚覺這樓高到她根本沒辦法跳下去。

長坡上的花園盡頭有一座巨大的人型輪廓，看起來像個雪人，高度卻幾乎跟房子一樣，旁邊還擺了一道梯子。那是什麼？史黛拉有點看呆了。但夜色正要降臨，不能再浪費時間了。

只是有個問題。

要離開她的房間，就只能從門出去，可是它被鎖上了。

只有一把鑰匙。

但鑰匙在門後面。

8 大逃亡

史黛拉想到一個方法。她跑到書桌那裡，抓了一支鉛筆和一張紙。那扇沉重的木門底下有縫隙。史黛拉把紙塞進底下的門縫，讓它滑出去，再把鉛筆的筆尖鑽進鑰匙孔，輕戳裡頭的鑰匙。要是戳太大力，鑰匙恐怕會掉到紙以外的地方，發出很大的**匡啷**聲響，驚動到阿柏塔姑媽。

所以要輕輕地戳。

鑰匙漸漸從鑰匙孔裡被戳出來。

史黛拉墊在地上的紙剛好接住它。

然後她把紙從門底下拉回來。當她看見鑰匙穿過門縫時，整張臉瞬間亮了起來。她將鑰匙握在胸

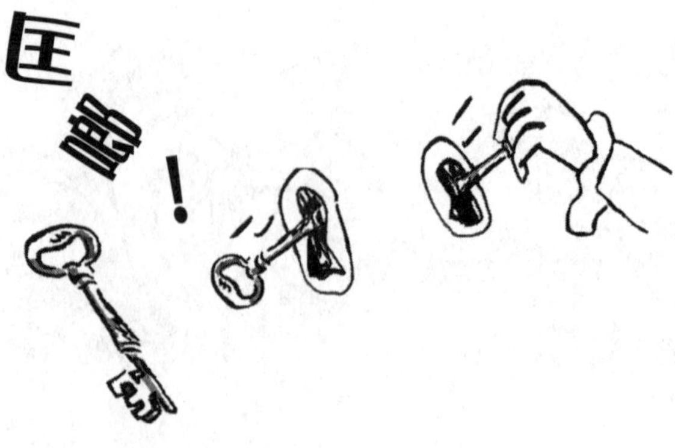

口，彷彿那是世上最珍貴的東西。她滿心期待，緊張到雙手微微顫抖。她把鑰匙插進鑰匙孔裡，像是要破解保險箱的犯罪大師一樣輕輕轉著鑰匙。

喀答！

門鎖開了。

小女孩轉動銅製的大門把，將門打開。起初只開一點門縫。她隔縫窺看，想確定有沒有危險。空無一人的長廊在她眼前展開。

史黛拉仍光著腳，身上也只穿著睡衣。但沒時間換了，阿柏塔隨時可能回來查看。她必須趁現在還有機會，趕緊逃出去。

一輩子都住在薩克斯比大宅的史黛拉，對屋子的裡裡外外瞭若指掌，連想都不用想就知道哪裡的地板會嘎吱作響。於是她踮起腳尖，沿著走廊小心翼翼繞過每一處會發出聲響的地方，動作鬼祟到就像在自家裡當賊一樣。

最後史黛拉終於走到樓梯平台那裡。她站在樓梯頂隔著欄杆扶手往下窺看，但只看得到薩克斯比大宅那扇橡木大門。

說到嘎吱作響，這道樓梯恐怕比走廊還難搞。小女孩步下第一道樓梯。但才下了一半，便聽見後面傳來聲響。

咚，咚，咚！

是腳步聲。

咚，咚，咚！

有人正沿著走廊過來。

咚，咚，咚！

史黛拉回頭看。

咚，咚，咚！

是老管家吉伯。

史黛拉放心地吁了口氣。雖然史黛拉很想拜託他幫忙她逃走，但根本不可行。這位忠心耿耿的老管家已經老到近乎全盲和全聾。不管怎麼跟他溝通，他都聽不懂。他只活在自己的世界裡。

吉伯的黑色長禮服早已破舊、沾滿灰塵，白色手套也破了好多洞，那雙開口笑的舊鞋每走一步，便在地上啪

地彈一次。但老管家還是手拿著銀色托盤，神情高傲地走在走廊上，托盤上擺著一小盆植物。「夫人，這是妳的早餐！」他大聲宣布，同時打開櫥櫃門，走了進去。

史黛拉搖搖頭。這可憐的老管家做什麼事都會搞砸。

小女孩繼續下樓，她盡量加快腳步，不發出聲音。

呱嘰——

完了！她忘了從門廳上來的最後一段樓梯最容易發出聲音。但她好不容易走到這兒了，萬一被逮住就慘了。

這時史黛拉聽見走廊盡頭她父親書房那裡傳來聲響。有人正在書房裡翻找東西——書和盒子被丟到地上，紙張被撕破。阿柏塔正在自言自語，憤怒咒罵。「到底把那該死的權狀藏到哪兒去了？」

史黛拉忖度她姑媽現在應該聽不到她的聲音，於是踮起腳尖，穿過門廳，朝前門走去。

鈴——鈴——鈴——鈴

這聲響嚇了小女孩一大跳。

鈴——鈴——鈴——鈴

她趕緊停下腳步。

鈴——鈴——鈴——鈴

原來那是她爸爸書房裡的電話在響。

鈴——鈴——鈴——鈴

阿柏塔接起電話。史黛拉原地不動，豎起耳朵聽。

「薩克斯比大宅，我是薩克斯比女爵。」那女的說道。小女孩不敢相信地搖搖頭。阿柏塔或許可以自稱是阿柏塔女爵，但絕不可能是「薩克斯比女爵」。那曾是她母親的頭銜，現在是她的。

「哦，是校長啊！真高興接到妳的電話。」

對方一定是貝里斯福特小姐，也就是史黛拉就讀的學校——聖阿加薩貴族女校的的女校長。

「不行欸，她近期內還不能回聖阿加薩念書。目前為止，沒有任何變化，她還在重度昏迷。」

她姑媽怎麼可以撒這麼大的謊？

「不用，不用，妳和同學們不用來看她。謝謝你們。我知道聖誕節快到了，但妳可以把她的禮物寄來，我會幫她代收。是的，校長，這情況很讓人難過。尤其對我而言，我姪女就是我生命的全部。哦，好啊，當然，只要她一醒來，我一定打電話通知妳。我是說如果她能醒來的話。因為也許我們都要做好最壞的打算。校長，我真的很難過，我一想到這件事，淚水就止不住。」

接下來就聽到阿柏塔哇哇大哭。

「嗚哇哇！哇哇哇！！嗚嗚嗚！！！哇哇哇！！！！」然後才掛上電話，**噹**的一聲，結束了談話。

話筒被掛回了電話。

「多管閒事的老太婆。」阿柏塔嘴裡咕噥。

史黛拉嚇壞了。**做好最壞的打算？**這女人到底有什麼盤算？她一定要逃出去，現在就逃。

小女孩踮起腳尖，經過前門旁邊一尊古老的盔甲。她不敢碰到它，也不敢去碰到金屬手套抓著的武器——一顆帶刺的鐵球——因為它很可能會掉到地上，鐵球和鐵鍊就會發出**噹啷**聲響。

史黛拉悄悄走到橡木門那裡，轉動手把，但它上鎖了。通常只有全家人都外出的時候，這扇門才會從外面鎖上。可是阿柏塔卻把它從裡面鎖上，八成是想把她姪女鎖在屋內。自史黛拉有記憶以來，這棟老舊大宅的無數把鑰匙都集中放在門邊的櫃子裡。史黛拉打開櫃門要找，卻發現鑰匙都不見了。這並不令人意外，阿柏塔一定是把所有鑰匙都藏到別處了。

小女孩只好爬上窗台，試圖打開窗戶，但也都上了鎖。若是砸碎玻璃，風險太大，玻璃的碎裂聲比地板的嘎吱聲大多了，一定會引起她姑媽的注意。

正當阿柏塔在樓上搜找房屋權狀，一邊出聲咒罵，一邊清空書房裡的所有盒子時，史黛拉突然記起一件事。她爸媽怕臨時有什麼緊急事件，所以暗地裡在門墊底下放一把備用鑰匙。史黛拉相信阿柏塔並不知道這件事。於是她掀起門墊，那把生鏽的舊鑰匙果真像埋藏已久的寶物一樣躺在那裡。

就在史黛拉拾起鑰匙時，她才發現一件事。有兩顆黃色大眼睛正在後面瞪著她看。一雙貓頭鷹的眼睛——那是瓦格納！牠頭下腳上地倒吊在天花板的燈底下，像一隻蝙蝠——一隻可怕的貓頭鷹蝙蝠。

9 窮追不捨

要說我希望你從這本書裡學到什麼知識，那肯定就是——你不能跟一隻大巴伐利亞山貓頭鷹講道理。

「哦，哈、哈囉，瓦、瓦格納……」史黛拉結結巴巴。「別擔心，我只是出來透透氣。」

倒吊著貓頭鷹瞇起兩隻黃色眼睛。

「所、所以沒必要跟我親愛的姑媽提這件事！」

「**嘎！**」

瓦格納的叫聲震耳欲聾。

「**嘎！嘎！嘎！**」

「噓……」小女孩哀求道。沒有用。你根本不用跟牠們講道理！

那隻像怪獸一樣的大鳥立刻揚起巨大的翅膀，不停拍打，撞翻了整套古盔甲，連金屬手套上的那顆鐵球也都砸在地上，發出巨響

〝匡啷〞

咚咚咚咚咚

喀答喀答喀答！

「噓……噓……你這隻笨鳥！」

但這隻大巴伐利亞山貓頭鷹好像聽得懂人話，她的噓聲反而激得瓦格納叫得更大聲，翅膀拍得更用力。

不一會兒，史黛拉便聽見阿柏塔姑媽大步踏出書房，朝她走來的隆隆腳步聲。

「瓦格納！」她喊道。「瓦格納！」

史黛拉怕到全身發抖，趕緊把鑰匙把鎖孔裡插，慌亂地轉動，嘎答作響。史黛拉從眼角餘光瞄見她姑媽正沿著長廊逐漸逼近。阿柏塔一向跑不快，她擅長的是角力，不過她還是穩當地往前踏出每個步伐，活像一台大坦克。

小女孩感覺開鎖的時間就像一小時那麼漫長，但其實可能不到一秒鐘就聽見門鎖被打開的喀答聲響。她笨拙地摸索著手把，忙不迭地衝進夜色裡。

那天晚上是滿月，月亮低垂夜空，照亮了地上厚重的積雪。她的步伐很快，快到幾乎感覺不到雪地的冰冷。小女孩不停跑，但只大概知道自己是往哪個方向跑。儘管如此，還是差點撞上了那尊被堆在草地上的超大雪人。近距離下，她才發現這雪人至少比她的身高高了十倍。史黛拉緊張地回頭張望，一眼望見門前她姑媽的剪影，她站定不動，手上棲著瓦格納。史黛拉很害怕，不懂她為什麼沒追上來。感覺阿柏塔姑媽好像胸有成竹。

「把那該死的女孩給我帶回來！」那女的吼道。大鳥立刻振翅起飛。

史黛拉的心不停狂跳。前方車道盡頭高聳的大鐵門仍離她很遠。她的雙腳冷到不行，開始跌跌撞撞。

史黛拉聽見頭頂上方有翅膀的拍打聲。她抬頭望向暗黑的夜空，卻看不見貓頭鷹的蹤影。但拍翅聲愈來愈大，瓦格納正追了上來。

門口的阿柏塔姑媽對著她的大鳥吼出指令。

「保持既定航道，瓦格納！保持既定航道！」

史黛拉想跑得再快一點，她其實已經跑得比平常都快了，感覺上今晚就像在**逃命**一樣。最後她終於跑到了薩克斯比大宅的大鐵門那裡。她拚命拉動鐵門，但只是不停地喀啦喀啦作響，動也不動。阿柏塔姑媽一定也把鐵門鎖上了。女孩

氣喘吁吁，她的腳抽筋，她的皮膚被凍傷，但鬥志仍在。一定有別的方法可以逃出去！她心想。她開始沿著圍牆邊緣跑。圍牆很高，是磚塊砌的，但一定有洞可以鑽出去或者有樹可以爬上去，再跳進薩克斯比大宅外面的野地裡。

「現在俯衝！」

阿柏塔大喊。

史黛拉聽見她身後的大鳥劃破空氣、急速飛行的聲響。小女孩不敢抬頭看，只能繼續往前跑。但突然間，她的腳離地，腿卻還在動，原來她已經被騰空抓起。

「嘎！」鳥叫聲震耳欲聾。她驚恐地看見瓦格納宛若剃刀的鳥爪緊箝住她的肩膀。大貓頭鷹像追捕獵物一樣把她從地面抓了起來。

史黛拉試圖甩掉這隻鳥。她揮拳死命搥打這隻可怕的生物。但瓦格納倏地飛高，沒入墨色夜空。史黛拉的目光越過自己那兩隻掛在半空中的腳往下俯看，這裡離地面太高，要是貓頭鷹鬆手，她一定會摔死。這太可怕了。史黛拉嚇得閉緊眼睛，不敢再看。

這時候的阿柏塔姑媽正看著貓

頭鷹在空中繞著圈圈打轉，然後才把她姪女抓回屋裡，她的臉上隨之浮起一抹邪惡的笑容。

10 被鎖在地窖裡

「孩子，這都是為了妳的安全著想。」阿柏塔姑媽撒謊道。

這女的把她姪女帶到屋子底下的一個又小又陰暗的煤窖裡。無論是牆壁、地板、還是天花板都沾滿烏漆墨黑的煤渣。煤窖是在地下室裡，所以沒有窗戶，唯一的光源是阿柏塔拿在手上的那根閃爍不定的蠟燭，瓦格納棲在她的另一隻手上。仍光著腳丫、穿著睡衣的史黛拉只能坐在地板上。阿柏塔姑媽居高臨下，一臉邪惡地看著她姪女。

「妳不能把我鎖在這裡！」史黛拉大聲說道。

「這是為了妳好。」那女的回答。

「把我一個人關在煤窖裡，怎麼可能是為我好？」小女孩的鬥志仍在。

「孩子，因為妳爸媽都死了，所以現在照顧妳的責任落在我身上，而妳最愛的ㄍㄨˇㄍㄨˊ就是我啊。」

「我就只有妳一個姑媽，又沒別的姑媽。」女孩說道。

「所以我一定是妳最愛的啊。我知道妳爸媽的過世對妳打擊很大，我也一樣受到很大打擊……」

「妳看起來一點也不難過。」史黛拉打斷她，但這絲毫不影響阿柏塔繼續說下去的興致。

「……但妳絕對不能再逃家。穿著睡衣在雪地上光腳跑，我的老天，妳一定會被凍死。」

「我必須知道真相，我要知道我爸媽發生了什麼事！」小女孩追問。

阿柏塔姑媽頓了一下，瞇起眼睛。「小姑娘，我已經告訴過妳真相。那是場意外，一ㄣˊ意，ㄨˊㄢ外*，意外！」她吐出的每個字都鏗鏘有力，活像一把槍在射擊子彈。

* 請不要寫信抱怨我標的注音都不對。阿柏塔姑媽的注音不好，又不是我的錯。如果有任何人想抱怨，請直接寄一封穿越時空的信給她：英格蘭小薩克斯比附近的薩克斯比大宅，收件人阿柏塔·薩克斯比小姐。

「騙人！」

「妳這小孩真壞，吃了熊心豹子膽啦。阿柏塔姑媽從來不說謊的。」

「妳跟我說我每根骨頭都斷了，分明是在騙我。」

史黛拉看得出來她姑媽火氣愈來愈大，火到那根大蒜鼻不停地抽動，但顯然正在按捺怒氣。

「它們本來都斷了，每根都斷了，所以我才把妳用繃帶裹起來。」

「妳也在電話裡騙我的校長，說我還在昏迷。」

阿柏塔終於耐不住脾氣，發出一聲很長的低吼。

「厚——！」

這低吼聲驚動了棲在她手上的貓頭鷹。瓦格納的頭顱立刻轉動一百八十度，查看聲音來源。阿柏塔隨即鎮定下來。「孩子，妳才剛醒來而已，身體還沒有恢復到可以去上學的程度。是啊，我是編了一點謊話，但我親愛的小黛黛，我這麼做是想保護妳。」

反正阿柏塔姑媽什麼事情都有一套說詞。史黛拉嘆口氣。「我真的很餓，也很渴。」

「哦，妳當然餓了，可憐的小東西。瓦格納會做特製的奶昔給妳吃！」那女的揮揮手說道。

「奶昔？」女孩問。

「是啊，就是妳昏迷時餵妳吃的那些東西。很營養的。其實我口袋裡就有一些現成的美味食材。牠會先嚼爛，然後就可以當水喝了。」

「**我不要！**」史黛拉抗議道。

阿柏塔姑媽開始在口袋裡摸找。

「那妳想吃什麼？」她開心地問道，然後掏出一隻蟑螂和一隻野鼠。「要蟑螂還是野鼠？」

「我不要——！」小女孩抗議。

阿柏塔姑媽又伸手進口袋。「用麻雀和蟾蜍打成汁好不好？」

「不要——！」

「還是用一條蟲和一隻地鼠做成冰沙？」*

「不要——！」

瓦格納一看到這些東西，便開始興奮，頭顱不停地上下擺動，開心地嘎嘎尖叫。他的女主人抓起一大把可憐的小動物，丟進牠的鳥喙裡。貓頭鷹立刻張嘴吞嚼。

「一次就可以吃到這麼多種食物，這可是特別為妳料理的哦。」

「我覺得我要吐了。」史黛拉摀住嘴。

「孩子，角落有個桶子，大號小號都可以在那裡解決。看妳是要便便還是尿尿都行。」那女的把注意力轉回到她的貓頭鷹身上。「瓦格納，吞下去吧。」食物瞬間嚥進牠的喉嚨。「真是我的小乖乖。」阿柏塔親親牠的鳥喙，

*至於其它可以現調的奶昔口味還包括：水獺和蛇、蝌蚪和田鼠、燕雀和毛毛蟲、蝙蝠和蜘蛛、青蛙和黃蜂、蛾和小狐狸、豪豬和蜈蚣、白鼬和虎頭蜂、鱔魚和蚱蜢、草蛇和蠑螈。

然後往鐵門快步走去。

「妳不能把我丟在這裡。」史黛拉抗議道。

「孩子，這是為了妳的安全著想。我們不能再讓妳逃走了，不是嗎？」

「妳要去哪裡？」小女孩問道。

「我必須找到所有權狀。它不在妳爸的書房裡。我問了吉伯，可是那笨老頭把我誤認成一匹馬，一直要拍我，餵我吃方糖，還說我好乖！」

史黛拉忍住大笑的衝動，聽她姑媽繼續講下去：「為了找權狀，我已經翻遍整棟屋子。妳爸在遺囑上說，他把它藏在一個我永遠找不到的地方。這實在太欺負人了。」阿柏塔沮喪地跺著腳，然後低頭看著她那渾身發抖的姪女。

「孩子，妳確定妳不知道它在哪裡？」

「**我不知道。**」史黛拉回答，只是這次她說太快了。

阿柏塔感覺得到這孩子在撒謊。「妳老爸一定會告訴他心愛的女兒，權狀放在哪裡，對吧？」

「**他沒跟我說。**」史黛拉倒吸了口氣。

她的確知道權狀在哪裡。她爸爸的確有告訴她藏匿的地方，那地方實在太妙了。已故的薩克斯比爵士相信他姊姊阿柏塔絕對不會找到那裡去。

你猜得到在哪裡嗎？

11 牆後面

權狀就藏在《挑圓片遊戲規則大全》這本書裡。

史黛拉的父親卻斯特相信，他姊姊為了找到薩克斯比大宅的權狀，一定會清空整個保險箱、翻遍他的書房，甚至拆了樓地板。但她對那本書絕對連看都不會看一眼。因為阿柏塔姑媽在玩挑圓片遊戲時很愛作弊，完全不把官方的遊戲規則當一回事。她有自己的一套玩法，叫做阿柏塔規則，還隨時更改規定。而那本書她連開都沒有打開過。所以是藏匿所有權狀的最佳地方。

煤窖裡的阿柏塔低頭看著她姪女。

「史黛拉，妳必須給我好好想一想權狀藏在哪裡。」

「我不知道，姑媽。」

「妳繼續否認好了。也許把妳一個人丟在陰暗的地窖裡幾天，就會想起來了，對吧？再見！」

阿柏塔姑媽甩上身後的鐵門，隨即鎖上。這一次她把鎖孔裡的鑰匙取走，自行保管。她不想再犯同樣的錯誤。史黛拉聽著她姑媽漸遠的腳步聲，姑媽正拾級而上，走回大宅。

少了蠟燭的光，地窖頓時一片漆黑。更糟的是，史黛拉向來怕黑。仍穿著睡衣的她猶記得門的方向，於是朝那裡爬過去。她用手小心摸找，終於摸到門把，但是打不開。就算再多試幾次也沒用。但史黛拉不死心，一刻也不想多逗留，於是用手指摸找屋裡其它角落和邊緣，希望能在牆上摸到小洞或縫隙，或許就能用指甲把它挖開。可是遍尋不著。地板都是石頭做的，每一塊都有好幾英寸厚。

「噢！」她的頭猛地撞上鐵製的水桶，接著她兩隻手在角落摸到一小堆煤炭。她頹喪極了。看來她什麼也不能做，只能先小睡一下。於是史黛拉用手把煤炭整理成枕頭的樣子，然後躺下來，一直哭到自己睡著。

女孩才闔上眼，就聽到聲音。不知道是誰或什麼東西在牆的後面走動。她以前在自己的臥房裡也聽過同樣聲音，那時常常聽著聽著就睡著了。她爸爸媽媽還在的時候，有時候史黛拉會因為太害怕而跑進他們的房裡。她爸媽就會緊緊抱住她，讓她躲在棉被底下，睡在他們中間。他們會輕撫著她的頭髮，輕吻她的額頭。她爸爸會跟她說，那只是隻小老鼠或響尾蛇發出來的聲響，或者是老舊水管的碰撞聲。

史黛拉今晚也好想跑進她爸媽的房裡，就算只能最後一次抱他們，她也願意用自己所有的未來和過去來做交換。

那聲響愈來愈大。不知道是誰或什麼東西正在牆的後面，而且離她愈來愈近。它已經大到不像老鼠的聲音，而煤窖裡也不會裝熱水管

這種東西。史黛拉不敢呼吸。她心想只要她不動或不出聲，或許就能自保平安，不管那是什麼，也許一咬牙就過了。但她的心還是一直怦怦在跳。

怦怦怦

對方一定聽得見她的心跳聲。

怦怦怦

在漆黑的地窖裡，她的心跳聲像打雷一樣響亮。

怦怦怦

史黛拉屏住呼吸。這時黑暗中突然傳來聲音。那是一個小孩的聲音：「救郎哦……（救命啊）」

女孩嚇得放聲尖叫。

12 好嚟人

「啊啊啊啊啊啊哦哦哦哦哦哦哇哇哇哇哇啊啊啊啊啊啊！！！！！」

「拜偷（拜託）妳不要叫了啦！」那聲音說道。

被嚇到的史黛拉叫得更大聲。

「啊啊啊啊啊啊啊哦哦哦哦哦哦哦哇哇哇哇哇哇啊啊啊啊啊啊啊！！！！！！」

「妳卡惦ㄟ啦！（安靜一點啦）」那聲音應該是個男生，但腔調比史黛拉粗野許多。

地窖漆黑一片，小女孩完全不知道自己在跟誰說話。

「你是誰？」史黛拉追問道。

「偶（我）會告訴妳。可素（可是）要答應偶，麥叫（不要叫）那麼大聲。」他回答。

「好、好。我答應你。」

「答應囉？」

「我答應了。」史黛拉回答，這一次的語氣自信多了。

「妳準備好囉？」

「嗯。」

「真的不會再胡亂叫？」

「不會！」史黛拉已經有點不耐。

那聲音停頓了一下。

「你快說啦。」

「偶要嗖（我要說）了啦，偶素（我是）……鬼啦。」

「啊啊啊啊啊啊啊啊啊啊啊啊啊啊啊啊啊啊啊啊啊啊啊啊啊啊啊啊啊啊啊啊啊啊啊！！！」史黛拉又放聲尖叫。

那個鬼很生氣。「妳不素說妳不會叫。」

「我怎麼知道你會說你是鬼！」小女孩抗議道。

「那要偶怎麼嗖（說）？妳要偶公白賊（說謊）哦？」

「什麼？」

「偶素說妳要偶嗖謊（我說謊）哦，在地話聽不懂哦？」

史黛拉終於聽懂了。「哦，我懂了。」

「阿不然妳要偶怎麼嗖？嗖偶（說我）是聖誕老公公還素啥咪碗糕（還是什麼東西）？」

「沒有啦，只是……」女孩猶豫了一下。

「只素蝦米（只是什麼）？」

「你不可能是鬼。這世上沒有鬼，我爸媽都這麼說。」

對方用自以為是的語調回答她。「哦，素嗎？『偶爸媽』！」他格格笑，覺得這女的真是爸寶加媽寶。「這話嗖得好假掰哦（說得好假哦）。要素（要是）這世上沒有鬼，那妳剛剛為什麼要胡亂叫（亂叫）？」

現場靜默了一會兒。史黛拉想不出來怎麼回答，於是她說：「也許我只是叫好玩的。」

「講得跟真的一樣！」

「這裡就很黑啊。我又看不到，什麼都看不到！如果你真是鬼，那就證明給我看啊！」史黛拉確信她把他考倒了。

「好啊！」對方很自信地回答。「妳先把那堆煤炭搬走。」

「我？」女孩不可置信地問道。雖然史黛拉沒什麼錢，但好歹也是上流人家的女兒，擁有良好的家世背景。而身為上流人士的她不習慣聽命於人，更不可能動手搬煤炭。尤其對方的態度很沒教養，顯然來自下層階級，這種人在她那位傲慢的女校長眼裡，可能會被形容成是一個「小癟三」＊。

「對啊，就妳！」鬼魂回答她。他顯然不甩這女孩的身分地位。但她不肯退讓。

「為什麼你不自己搬呢？」她反問道。從鬼魂粗鄙的腔調來判斷，史黛拉確信搬煤炭這種事比較像是他的分內工作。事實上，她覺得他搞不好很樂意接下這份差事。對他來說，這是一種樂趣、一種榮幸，甚至可能是種享受。搞不好今天就是他的生日，給他機會搬個煤炭，也算是送他一份生日好禮。

「偶被卡在輸煤管裡啦，而且偶這裡沒地方放煤炭啦。」

「你不是鬼嗎？」

「廢話！不然勒！偶當然素！」

「那你為什麼不能直接飄過來？」

「真的鬼不會飄啦。」

史黛拉對鬼的瞭解都來自於以前讀過的故事書，如今知道鬼竟然不能穿牆，感覺有點失望。尤其這代表她得自己動手搬煤炭。

＊粗人、痞子、流浪漢。

「對不起，我不知道。」她說道。不過她仍站著不動，心裡暗地希望要是她硬撐著不採取任何行動，搞不好這個小癟三就會幫她搬了。但事情並沒有發生。

「快點啦！」鬼魂抱怨道。「快點弄，快點好啦。」

史黛拉嘆口氣，只好彎腰摸找石地板上的煤炭，再心不甘情不願地搬到旁邊。這是一份很累人的工作。她停下來稍微喘口氣，結果那個鬼竟大聲喊道：

「快點啦！」

「我已經很快了！」史黛拉抗議道，「對不起哦，畢竟搬煤炭又不是我平常在做的事。」

鬼魂咯咯笑了起來。「算了，啊反正妳就素那種好嘢人！（有錢人）」

「你說什麼？再說一遍，我沒聽懂。」

「好嘢人！」鬼魂似乎很得意自己的說法，於是開始拿它來揶揄史黛拉。

「好嘢人！好嘢人！好嘢人！」這舉止很孩子氣，不過話說回來，他本來就只是個孩子。呃……應該說是一個小孩子鬼魂。

「我不是好嘢人！」女孩大聲說道，而且開始惱火。

「不素啦，妳當然不素。」

「謝謝你哦。」

「來啦，好嘢人，快點搬啦。哈哈。」

我知道你現在在想什麼：為什麼這一章沒有插圖？最精采的地方就是插圖啊！但原因是這樣的，因為這幾頁的故事都是在一個黑漆漆的地方發生，所以要是你覺得有點受騙，我還是可以在這裡幫你特別準備幾張插圖。

13 全身發光的男孩

史黛拉覺得再跟鬼魂爭辯下去實在沒什麼意義，於是嘆口氣，又回去工作。她伸手在黑暗裡摸找，把一坨又一坨的煤炭搬開。

過了一會兒，她看到有個東西在發亮。一開始她看不出來那是什麼，但等她搬走更多煤炭之後，竟發現那是一雙腳。一雙看起來有點髒的腳，但不知怎麼搞的竟多少照亮了這座地窖。現在終於有光可以讓她看見手邊的工作。女孩加快動作。沒多久，煤炭全被清到一旁去，站在她眼前的是一個全身發著光的男孩。

這個會發光的男孩身上穿著短褲、襯衫，頭上戴著一頂帽子，肩上扛著一把毛刷，顯然曾是個掃煙囪的。在以前的年代，都會雇用小男孩爬進煙囪，清掃煤渣。不過他現在的正職應該是「鬼魂」了吧。

「妳搬好久哦！」他放肆地笑道。

史黛拉不敢相信自己的眼睛。原來她沒有說錯。以前她在半夜裡聽到的聲音，真的是鬼魂的聲音。薩克斯比大宅真的鬧鬼。眼下就是活生生的證明。哦，不，應該說是死人在證明。

「對鬼魂來說，你鑾矮的。」史黛拉沉思道。

「對啊，矮才好啊，偶都可以躲到猴年馬月了。」

「猴年馬月？」女孩一頭霧水。

「偶素說偶躲好多年了。」

「哦。」

「偶躲起來是因為偶不想嚇人。結果偶遇到的第一個人竟然跟偶說偶很矮。」

「對不起。」史黛拉回答，不過有點言不由衷。

「**沒要緊**（**沒關係**），算啦，妳已經說對不起了，不素嗎？偶素聽見妳在哭啦，偶聽了很難過。所以偶想也許偶可以來幫忙。」

「我沒有哭啊，只是有東西跑進我眼睛裡。」女孩回答，語氣故意裝得像

大人一樣。「不過你人很好。要不然我們做個朋友好了。」她緩緩伸出手，

「我是薩克斯比大宅的史黛拉．薩克斯比女爵。」

「哦，好假掰哦，好假掰哦！」鬼魂被逗樂了，開始學女孩那種上流人士的口吻。「哦，好嘢人家的好嘢人小姐，偶真高興認素妳（認識妳）。」然後他摘下帽子，模樣誇張到一看就知道他只是假裝要讓人有好印象。

在旁邊看他表演的史黛拉，臉上露出苦笑。「你叫什麼名字？」

「煤渣。」

「不是，我是問你叫什麼名字，不是問你掃的是什麼。」

「偶知道啊，就素煤渣啊。」

「煤渣？這是你的名字？」

「素啊。」

女孩忍不住笑了起來。「這不是人該有的名字！你不可能叫煤渣。」

女孩的回答讓鬼魂看起來不是很高興。「這就素偶的名字。小姐，妳要笑就大聲笑好了。」

「我會的！」她回答，然後就歇斯底里地大笑起來。**「哈哈哈！」**

煤渣雙手抱胸，等這個沒禮貌的小妞笑完。「妳笑完了沒？」

「笑完了！」史黛拉回答，伸手擦掉笑出來的眼淚。「拜託你告訴我，怎麼會有人取名為……」她盡量忍住笑，「煤渣呢？」

「這又不素偶的錯。又不素偶自己取的。偶很小就沒有人要，偶素在救濟院長大的。偶沒有看過爸爸媽媽。救濟院那個院長以前都會用皮帶打偶們男生。」

「真的假的？」

「真的，就算偶們沒有做錯事，也照打。所以偶就跑掉了。可素偶年紀太小，後來偶在街上遇到一群人，他們說如果偶願意掃煙囪，就有東西粗（吃）還有地方住。偶就開始掃煙囪。有一天，偶從煙囪裡出來，全身都素煤渣，偶老板就開始叫偶煤渣。」

女孩現在覺得內疚了，她不該笑對方的。這個男孩的悲慘生活是她不曾經歷過的。史黛拉從沒去過救濟院，一想到那裡這麼可怕，不由得全身發抖。至於被丟進煙囪裡清掃煤渣的這種工作，更是令她無法想像。「我真的很抱歉，」她說道，「我不是故意要笑你的，我只是從來沒聽過有人叫做煤渣。」

「小姐，不要難過啦。」

史黛拉很想問一個問題，但又不知道該怎麼說。「所以……嗯……我希望你不介意我這樣問。」

「問啊！」

「你是怎麼……呃……變成鬼的？」

煤渣看著她，搖搖頭，顯然覺得這問題太蠢了。「當然要先ㄙˇㄨ掉（死掉）啊，啊不然咧？」

「是啊，是啊，我想也是。」女孩回答，「所以……嗯……不好意思，所以你是怎麼……嗯……？」

「翹掉哦？」

「翹掉……對，翹辮子？」史黛拉揣測道。

「偶有聽懂啦。」兩人相視而笑。「小姐，妳可能不相信，可素偶素在這個屋子裡死掉的……」

14 鬼鼻涕

史黛拉就在這黑漆漆的地窖裡，靜靜聽著煤渣說他在真實生活裡的可怕故事。

「那素很久以前了，」鬼魂說道。「偶那時候個子很小，所以偶老板**賊得（覺得）**任何煙囪偶都爬得進去，多小都可以。他知道這棟屋子的排煙管像迷宮一樣，通道都很小。所以偶素最適合來這裡掃煙囪的工人。奇怪的素，偶一進門，就有種很怪的感覺……」煤渣陷入自己的思緒，身上的光在地窖牆上投射出影子。那影子隨著他說的話不斷舞動，就像在一本書上畫出屬於他的插圖故事。

「你說很怪的感覺是什麼意思？」史黛拉很好奇。

鬼魂想了一下。「**不諸道（不知道）**欸，好像偶以前就有來過，可素偶沒有啊。」

史黛拉在腦袋裡搜索答案。他很小就被遺棄了，後來在救濟院長大，所以不可能來過這棟大宅。「我想你應該沒來過。」她回答。

「偶覺得妳嗖得（說得）沒錯，不過還素很怪。反正偶老板就把偶往煙囪裡推，偶就開始做那個什麼來著……」

「清掃煤渣？」

「嘿呀，偶老板出去外面抽煙。結果偶的老天，偶發現偶屁股好燒哦！」

「你是說很**燙？**」女孩問道。

「嘿呀，偶的意思就素這樣，很燒啦！偶低頭一看，有人點了火。」

「天啊。」史黛拉驚呼。她為這可憐的男孩感到難過。「誰會做這種事？」

「偶不諸道，偶沒有看到。偶喊救人哦，可素沒有人來救偶。偶猜他們都不知道偶在上面。偶來不及跑，煙就飄上來了。可素排煙管塞住了，偶爬不上去，偶被卡住了，就翹翹了。」

「好可怕……」小女孩在心裡想像。人的死法可能千百種，但這種死法尤其可怕。被困在一個小空間裡，四周都是黑煙。她眼眶噙淚，淚水從她那沾滿煤灰的臉上滾了下來。

「小姐，妳又哭了。偶不喜歡看到像妳這麼漂亮的小姐在哭。」

這番話不知怎麼搞的惹得史黛拉哭得更大聲。她為煤渣而哭，為她父母而哭，更為她自己哭。

「這就素偶的故事，小姐。」煤渣說道。

小女孩拿睡衣擦擦眼睛，深吸一口氣讓自己鎮定下來。

「那你為什麼還留在薩克斯比大宅？」

「偶沒有別地方可去啊！」鬼魂回答。「偶沒有家，也沒有名字。所以偶沒有辦法像教堂說得那樣到天上找偶的家人。偶只好留在這裡。半夜在排煙管裡爬來爬去。」

「我就知道薩克斯比大宅鬧鬼！」女孩大聲說道。「可是我爸媽都不相信。」

煤渣微笑。「大人看不到鬼啦。」

「看不到？」女孩很好奇。

「看不到啦。因為長大了，就不會再相信魔法，所以看不到任何不存在的東西。妳的心必須打開，像小孩一樣才看得到。小姐，妳幾歲了？」

「我快十三歲了。」史黛拉很是驕傲，而且像多數孩子一樣渴望能長得再大一點。有時候她會想像自己已經十六歲、十八歲、或二十一歲。然後再想像長大時能做的事，譬如開車、喝香檳、熬夜不睡覺。

「唉呀，完了完了。」煤渣說道，同時不停搖頭。

「怎麼了？」

「小姐，妳的生日素什麼時候？偶要知道幾月幾號。」

「我生日是聖誕夜當天。今天是幾月幾號？」

小女孩出過車禍，昏迷過，難怪不知道今天的日期。

「偶確定今天素十二月二十一日。所以妳再三天就十三歲了。」

「是哦，那太好了，不是嗎？」小女孩反問道。

「不好啦，小姐，妳現在可以看到偶，素因為妳還素小孩子，一滿十三歲，就看不到我了。」

「我不相信！」史黛拉尖聲說道。

「妳看吧！」鬼魂反駁道，「妳才十二歲，就嗖（說）不相信偶了！」

「可……可是……」

「失禮，**拍謝哦**（不好意思）……」煤渣才說完，就把手指插進其中一個鼻孔，用力擤另一個鼻孔。一坨坨發亮的鼻涕掉在地上。女孩受過淑女教育，很懂用餐禮儀，離開餐桌前都會先跟人招呼一下，就算要擤鼻涕，也會擤在蕾絲手帕裡。所以她從來沒見過這麼噁心的舉止。

「你可不可以不要這麼髒啊？」她說道，覺得受到冒犯。

「小姐，**麥緊張啦**（不要緊張），這只素鬼魂的鼻水。」

然後他換個鼻孔，又朝地板擤出一堆鼻涕。

「很噁心欸！」史黛拉抱怨。「你沒有手帕嗎？」

「蝦米？」

「顯然沒有！現在地窖的地板上都是你的鼻涕，我又沒有穿鞋。」

煤渣瞪著女孩看。「小姐，聽偶說，偶很高興認素妳，也很高興跟妳聊**這麼都**（這麼多）。可素偶**賊得**偶們不能當朋友。跟偶一起在救濟院長大的那些男

生，都不會嫌偶那一點點鼻水。」

「哪有一點點？很多欸！」史黛拉反駁道。

「偶在救濟院擤更多欸，地上到處都素。」

「我光想到就頭皮發麻！」

「有一促（有一次），有個男生把褲子脫下來，立刻就噗了……」

「我不想知道，謝謝你！」史黛拉打斷男孩。

煤渣看著史黛拉，他們倆之間的差距像汪洋一樣深，好像永遠不可能跨越。

「偶想偶們最好還素掰掰吧。」話說完，鬼魂就轉身，打算爬進輸煤管裡。

「等一下！」女孩哀求道，**「求求你別走！」**

「又安怎啦（又怎麼了）？小姐？」煤渣嘆口氣。

「我需要你幫我。」

15 鬼偵探

史黛拉從來沒想過自己會去爬輸煤管，但現在這位新任的薩克斯比女爵就正在做這件事，跟著那位掃煙囪的男孩爬出地窖。煤渣用身上的幽光幫她照明，讓她看見哪裡有突起的磚塊可以抓著往上爬。這個鬼魂對薩克斯比大宅裡迷宮似的通道瞭若指掌，很清楚它的每個角落和縫隙。這根輸煤管以前是專門用來把成袋的煤炭輸送到地窖堆放的，好供薩克斯比大宅的壁爐使用。輸煤管的最頂端是牆上的一扇小艙門，跟廚房相通。

爬輸煤管不是件容易的事，尤其對年幼的史黛拉來說，因為她已經又累又渴。但就在她爬得很算順手之際，手指竟在潮溼的磚塊上滑了一下。

「啊——」女孩大叫一聲掉了下去，管壁上的殘渣跟著往下飛灑。她在管壁間撞來撞去，最後好不容易單手抓住一小塊突起的磚塊，才沒再往下掉。

「小姐，不要往下看。」煤渣在上面喊道。

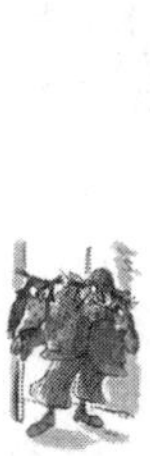

但史黛拉還是忍不住。她低頭去看，結果發現她已經爬得好高，要是再跌下去，一定會像石頭一樣直墜而下，折斷雙腿。

「我爬不上去了！」她沮喪地喊道。

「小姐，可以啦。不要往下看就好。」

「我沒有往下看。」她反駁道。

「妳左邊上面有磚頭，妳去抓。」

「我會掉下去。」

「妳不會掉下去。」鬼魂向她保證。「用手去摸，摸到了嗎？」

女孩騰出手往上摸找。「有，我想我找到了。」

「現在用力撐上去。」

「我沒有力氣。」

「小姐，妳有。妳想再留在地窖裡嗎？」

「我不想。」女孩嘴裡嘟囔，覺得自己有點像在被人家訓斥，於是深吸口氣，努力將自己撐了上去。

「嘿！妳做到了！」煤渣大聲喊道，然後一步一步地帶她爬上去。

史黛拉目光越過煤渣，往上探看，發現有個光源愈來愈大。最後她從輸煤管頂端的洞口爬出來，甩甩身子，筋疲力盡，一屁股坐在冰冷的廚房地板上。

史黛拉的一些快樂回憶都來自於這間廚房。她母親是在僕人的環伺下長大，從沒學過烹飪。但是當阿柏塔輸光了家裡的錢，大宅裡的佣人都走光時，她媽媽還是硬著頭皮下廚烹調。她的廚藝其實糟糕到已經成了某種傳奇。雖然她烤的蛋糕像年糕一樣黏，果凍也站不挺，往上拋煎的薄餅，總是粘在天花板上，但在這些料理裡頭一定都有一個最重要的原料，那就是媽媽的愛。小史黛拉常在廚房裡當她媽媽的小幫手。她們一起做她爸爸最愛吃的司康餅，哪怕剛從烤箱裡出來的司康餅被烤得像是猙獰的石頭怪一樣，可是一旦塗滿濃郁的鮮奶油和覆盆子果醬，就絕對好吃到爆。她爸媽還在世的時候，廚房向來是很快樂的地方。但可惜這裡現在就像屋子裡的其它房間一樣早已棄置不用。

史黛拉跟她的新朋友一起坐在地板上，把她從頭到尾的遭遇都說給她朋友聽。包括她是怎麼發生車禍，爸媽在車禍中喪生，她又是怎麼昏迷了好幾個月才醒過來，對這場事故沒半點記憶。她的阿柏塔姑媽在屋裡怎麼囚禁她，這個邪惡的女人有多不計一切代價地想要找到薩克斯比大宅的所有權狀，目的是要史黛拉簽名把屋子過戶給她。要是她照辦的話，她又擔心自己的安危，因為天知道她姑媽還會使

出什麼惡毒的招數來對付她？她又是怎麼試著想逃到最近的村子，但被大貓頭鷹抓了回來。還有害她爸媽喪命的那場車禍意外一定沒那麼單純，這一切可能都跟阿柏塔姑媽脫不了關係。

煤渣津津有味地聽著史黛拉娓娓道來。等她說完了，他想了一下。「小姐，這的確很有問題。」他說道，「可素如果妳想要把那個老姑婆抓起來，得要有證據才行。」

「對啊，我也是這麼想，」女孩附和道。「我們來當偵探好了……就像我最愛看的故事書裡頭寫的那樣！」史黛拉一想到這點子，精神就又回來了。她興奮地跳起來站好。

「就像真正的偵探！」煤渣現在也興奮了起來。

「我們可以一起合作，一起找線索。你覺得我們應該從哪裡開始？」

鬼魂想了一下。「車庫！偶們先企（先去）看一下車子被撞得怎麼樣。」

「煤渣偵探，我們走吧。」

「好啊，小姐偵探！」

16 苦味

史黛拉很吃驚，家裡那台漂亮的勞斯萊斯車竟然還在車庫裡。只是它不再漂亮。反而成了一堆碎玻璃和廢鐵。擋風玻璃碎了，引擎蓋被擠壓變形。

所有勞斯萊斯車引擎蓋上方都會有的那尊傲然獨立的銀色女神雕像，如今歪歪扭扭的。車禍過後才短短幾個月，車身就已經積了厚厚一層灰。其中一扇破掉的車窗甚至長出蜘蛛網。

史黛拉一看到車子變成這樣，淚水就止不住地流。這代表一切都是千真萬確

的。真的發生了一場可怕的車禍，從車體的損害情況來看，史黛拉能活下來簡直是奇蹟。坐在前座的任何一個人，一定是當場喪命。

「小姐，偶為妳感到難過，」煤渣小聲說道。這時他注意到地上有塊布滿油漬的破布，於是彎腰拾起來。「喂，用這個擦擦眼淚吧，偶諸道這不素你們好嘢人用的蕾絲手帕，可是偶只找到這個。」

史黛拉被他的舉止感動，於是微笑地接過來。「也許我錯了，我不該懷疑我姑媽。她說的是真的，真的有發生車禍。」女孩說道。她抽抽鼻子，擦掉臉上的眼淚，如今她的臉上除了煤灰之外，還有泛濫的淚水。

「如果老姑婆沒有想隱瞞什麼素，為蝦米要把妳鎖在地窖裡？」

「她說是為了我好，」史黛拉推測道。「怕我趁半夜再溜走。」

鬼魂搖搖頭。「小姐，偶覺得很可疑。妳好好地想想，想得起來車禍的經過嗎？」他問道，「有沒有花生（發生）什麼素？」

女孩仔細回想。「很模糊。」

「一點都想不起來？」煤渣鍥而不捨。

「不要去想很大的素，祖要（只要）想一些小素，可能就有重要的線索。」鬼魂現在的語氣聽起來真的很像是專業偵探。

史黛拉若有所思了一會兒，又在心裡重新想了一遍那天的過程。「我爸和我媽要開車帶我去倫敦。爸爸得再去銀行一趟。因為你知道我姑媽害我們家背債，而我爸爸……」女孩突然頓住，但煤渣給了她一個微笑，鼓勵她繼續說下去。「我意思是我爸爸很有魅力、也很聰明，總是有辦法說服銀行經理讓我們繼續保有薩克斯比大宅。而我媽媽知道我很想去看國王住的白金漢宮，不過我們沒有足夠的錢可以進去參觀，但是我不在乎。我很愛我媽媽，所以有沒有進去都沒關係，只要我們在一起，手牽著手就夠了。」

「妳阿母一定素個很特別的女士。」煤渣低聲道。

這兩人難過地站在車庫裡好一會兒，不發一語，外面暴風雪正在呼嘯。

「沒錯。」史黛拉終於出聲附和。她從來沒想過前任薩克斯比夫人竟被稱為「阿母」，不過她相信煤渣是出於善意。

「那妳阿姑呢？她有跟你們去嗎？」男孩問道。

女孩搖搖頭。「我爸爸問她要不要一起去，她說不要。有時候她會想搭便車去倫敦幫她的寵物貓頭鷹買玩具讓牠撕爛，但那天她說不要去。」

「那隻鳥很討厭欸！」煤渣大聲說道，「這幾年**一諸（一直）**找偶麻煩，跑來咬偶，還有好幾**促（次）**把偶追進排煙管裡。」

「人家說動物感應得到鬼魂。」史黛拉說道。

「小姐，不祖（不只）感應啦，牠根本看得到偶，像白天看到一樣清楚哦。所有動物都看得到。那妳阿姑為蝦米（為什麼）不去？」

「哦，阿柏塔說她想待在家裡。」

「有意蘇（有意思）哦，很有意蘇哦。」

鬼魂摸著自己的下巴，完全融入偵探的角色。

「妳記不記得整夠（整個）意外過程？」

「不記得了。」女孩回答。「一點也不記得。我只知道我很不舒服，後來就在勞斯萊斯車的後座昏過去了。」

鬼魂本來在車庫裡走來走去，這時突然停下來，好像找到了什麼重要線索。「妳不蘇胡（舒服）？」

「是啊，就覺得想吐。天氣雖很冷，我卻在流汗。」

「繼續嗖（說）。」

「我們開進城的時候，我一直閉著眼睛。車禍一定是在我最後一次閉上眼睛時發生的。」

「那妳爸媽怎麼樣？」

女孩的思緒飛快轉動。她全想起來了。「我媽告訴我，她也覺得不舒服，可是她知道我爸跟銀行經理的約會很重要，因為他想要保住薩克斯比大宅，所以她不想要他為了她折返回去。」

煤渣這下確信這中間一定有蹊蹺。「那妳爸咧？」

「我不知道。」女孩嘆口氣說道，「就算他覺得不舒服，也會忍住不說。我爸個性就是這樣，他什麼事都會咬緊牙關撐過去。」

鬼魂又開始走來走去，試圖釐清謎團。「如果連妳爸都覺得不蘇胡，那就可以**解素**（**解釋**）為什麼會**花生**車禍。」

「我想也是。」女孩附和道。「坐在後座的我一直覺得自己快昏過去了。」

「素什麼讓你們都覺得不蘇胡？」煤渣問道，有點像是自言自語。「車裡有什麼奇怪的味道嗎？」

「奇怪的味道？比如什麼味道？」

「偶不諸道。比如廢氣的味道？那也會害你們很不蘇胡。」

「沒有，」女孩很確定這一點。

「車子沒有問題。它是我爸爸的驕傲，他很寶貝那輛車，把它保養得很好。他開車的時候，引擎就像小貓一樣乖。」

「那就不素車的問題了。」鬼魂喃喃低語。「一定有別的問題。你們那天早上有吃什麼奇怪的東西嗎？」

「沒有啊，我媽煮了水煮蛋和烤麵包給我們吃，我們每天早上都吃這個啊。」突然間史黛拉像想到了什麼。「但是……」

「怎樣？」鬼魂趕緊問道。

「阿柏塔姑媽那天早上幫我們泡了一壺茶。」

「一壺茶？」

「是啊，她以前從來不幫我們泡茶。她通常不會幫我們做這種事。所以我才會記得這件事。我也記得我跟我媽說，茶的味道好怪……」

「好怪？」

「我意思是味道怪怪的。可是我媽要我把茶喝掉，這樣才不會對阿柏塔失禮。不過我喝不下去，我趁沒有人注意的時候，把那杯茶倒進花盆裡。」

「小姐，那是什麼味道？」煤渣問道。

史黛拉忙著搜索記憶。「我應該只有喝一口而已，感覺有點苦。我還倒了很多牛奶和糖進去，但還是覺得苦。」

「妳阿姑有喝嗎？」

「沒有，沒有，她沒喝。」史黛拉很確定。「阿柏塔姑媽幫自己倒了一杯，可是她一口都沒喝。」

「妳爸媽也覺得味道很怪？」

「就算他們覺得怪，也礙於禮貌，沒在她面前說出來。」史黛拉回答。「可是我注意到他們在喝的時候眉頭都皺著，」突然間，她的思緒像被閃電擊到一樣。「阿柏塔一定在茶裡放了什麼……」

這兩人望著彼此，異口同聲地說：

「毒藥！」

17 豐盛的甜點

碰！

這時候，車庫門突然大開。

「啊——！」史黛拉嚇得倒抽口氣。

外面有人嗎？還是什麼東西？

只見外頭風雪肆虐，雪花飛了進來。史黛拉費力地頂著大風朝門口跑去，煤渣跟在她後面，兩人設法合力關上門，鎖上門栓。

「小姐，今天晚上不可能逃得出企（出去），」鬼魂說道。「必須等到暴風雪停了才能走，妳現在只能待在這裡。」

小女孩一臉驚慌。「可是我不敢再待下去。我姑媽曾經想毒死我和我爸媽。天知道她下一步會做什麼？我必須打電話報警。」

「妳不節得（覺得）應該先收集更多證據嗎？」煤渣提議道。

「不行，我現在就要報警！」女孩大聲說道。「可是要報警也很困難。」

「為蝦米？」

「屋子裡只有兩支電話，一支在阿柏塔的房裡，她的房門總是上鎖。另一支電話在我爸爸書房

裡，可是我姑媽相信屋子的所有權狀藏在裡面，所以日夜都待在書房，把那裡翻得亂七八糟。」

煤渣想了一下。「也許偶可以想辦法分散她的注意。」

「比如說？」

「偶不諸道，可能丟幾個盤祖（盤子）？我們鬼最愛做這種素。通常都很有效。」

「可是萬一你被抓到怎麼辦？」史黛拉問道。她雖然才認識這個掃煙囪的男孩沒多久，但她已經愈來愈喜歡他。

「阿柏塔姑媽素大人，所以看不到偶啦。」

「對哦！」女孩回答，同時努力回想還有哪些跟鬼有關的事。「那瓦格納呢？」

「偶們就祈禱牠在睡覺。牠真素一諸（是一隻）很可怕的貓頭鷹。」

史黛拉和煤渣沿著走廊偷偷爬上樓。落地鐘突然在午夜打起鐘來，嚇了他們一大跳。

噹！

噹！

噹！

噹！噹！噹！噹！噹！噹！噹！

噹！噹！噹！噹！噹！噹！噹！

他們很快來到大餐廳的門口探頭窺看，發現阿柏塔和瓦格納正在享用午夜大餐。顯然這女的以為她姪女仍被獨自鎖在煤窖裡。哪裡知道史黛拉只在幾步外的地方。

這女的坐在長桌的一頭，寵物貓頭鷹脖子上圍著餐巾坐在另一頭。整間餐室被桌上那盞有二十幾根蠟燭的燭台點亮。

餐桌上堆滿甜點。因為阿柏塔姑媽只吃甜點，從不吃正餐，也不吃開胃菜。阿柏塔姑媽直接從布丁下手。她把甜點當早餐、中餐和晚餐吃，這也是為什麼她的腰圍跟身高一樣。

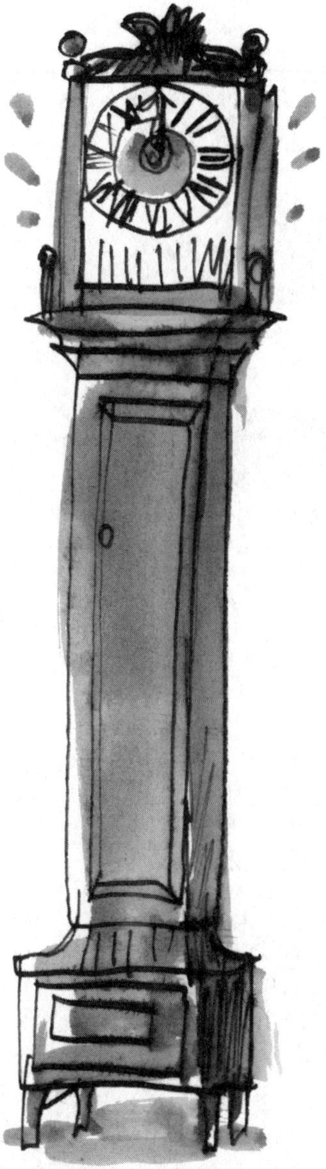

那是豐盛的甜點大餐！

‧用至少一百個蘋果做成的蘋果捲餅。
‧堆成金字塔的巧克力球。
‧像枕頭那麼大的閃電泡芙。
‧滲出奶油的大巧克力蛋糕。
‧快堆到天花板的奶油泡芙。
‧大到可以跳進去游泳的果醬鬆糕。
‧爆漿的油炸甜甜圈。
‧令人垂涎三尺的黑森林蛋糕，光看一眼，體重就上升兩倍。
‧一大缸剛從爐子上拿過來，還在冒著泡泡的鹹味焦糖。
‧跟實體一樣大小的貓頭鷹杏

仁糖。

• 一桶深的奶油，最上面又另外擠了一大坨奶油。
• 兩面都沾有巧克力的奶油餅乾。
• 超大的果凍，就連河馬也可以在上面ㄉㄨㄞˇㄉㄨㄞˇㄉㄨㄞˇ。

史黛拉看到這些美食時，口水都流出來了。可憐的女孩已經好幾天沒吃東西。她一度以為自己聞到這些香甜的味道，一定會昏倒。這時候的阿柏塔姑媽正在大吃特吃，發出稀哩呼嚕的進食聲……

「咕嚕！」

然後每吃一口，就打一個嗝。

「呃！」

「呃呃呃！！」

「呃呃呃呃呃！！！」

阿柏塔應該有機會在奧林匹克的打嗝賽裡得銅牌獎、銀牌獎和金牌獎。

就連瓦格納也在享用牠的專屬冷盤，盤裡都是森林裡死掉的小動物，有老鼠、松鼠、刺蝟、麻雀，甚至還有一隻獾。全是牠喜歡吃的。

阿柏塔一邊吃一邊翻找著一箱她從書房裡搬來的文件，並生氣地把一張又一張的紙往後面丟。

「那張該死的權狀到底在哪裡？」她一邊大口吞下黑森林蛋糕，一邊兀自嘟囔。

「小姐，走了啦。」煤渣輕聲催促已被蛋糕迷惑住的女孩。

他們兩人手腳著地地從門口旁邊爬過去。

餐廳隔壁就是她爸爸的書房。史黛拉的爸爸向來把書房整理得井井有條，算是薩克斯比爵士專有的一個小小聖殿。但如今地板上都是文件、照片、盒子、檔案夾和書本。書桌整張被翻過來，櫃子上的玻璃全碎了，皮椅被刀子劃破。看上去就像這裡被炸彈炸過。阿柏塔姑媽顯然曾在這兒**翻天覆地**地搜找過。

本來電話是放在書桌上。但現在書房被洗劫一空到根本找不到電話。

史黛拉好不容易在牆邊角落找到電話線，然後拉著它往回找，終於在一堆文件底下找到電話。史黛拉把電話放在膝上，回頭向正在走廊外面幫她把風的煤渣示意。

「去吧！」她低聲道。

「蝦米？」煤渣回答。

「去啊！」她抬高了一點音量說道。

鬼魂點點頭，隨即離開準備去製造一點混亂，也就是鬼魂常玩的那種在廚房裡丟盤子的標準惡作劇，希望能引開阿柏塔，為史黛拉爭取一點時間。

你可能也想知道，英國頑皮鬼協會（British Society of Poltergeists，簡稱 BSP）最喜歡玩的鬼把戲有哪些？

• 敲了門就跑。

• 把唱片放進唱機，再把聲量轉到最大。

• 在圖書館裡把書丟得亂七八糟。

• 推倒大型傢俱。

• 大半夜裡拿好多鍊子撞來撞去。

• 讓兩隻椅子一起跳舞。

• 讓餐具飄浮空中。

• 人家還坐在馬桶上，就先沖水。

•把床單蓋在頭上，繞著臥室跳舞。

•隨性移動屋裡的物品，譬如把內褲放進冰箱裡。

•把邪惡的笑聲灌進一只瓶子裡，再打開，讓它在屋裡迴盪。

•在浴室的鏡子上畫出淫穢的屁股，等鏡子起霧，這屁股就會被人看見。

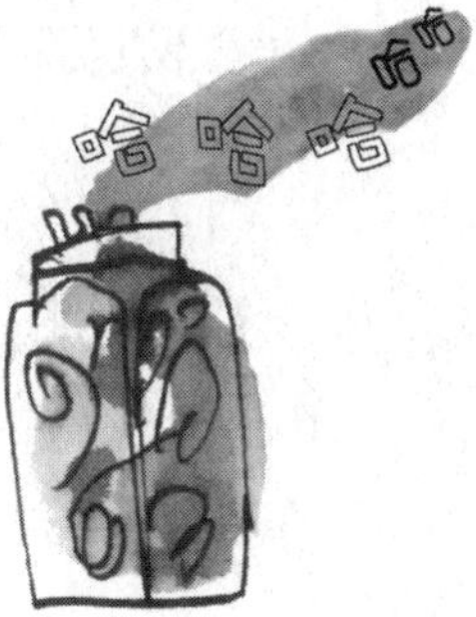

若有撞見以上任何現象，可能就是你屋子在鬧鬼。不過也可能是你那討厭的小么弟在搞鬼。

女孩聽到走廊遠處傳來盤子掉在廚房地板上的聲音。不一會兒，就又聽見阿柏塔姑媽從隔壁放聲大叫：**「瓦格納！瓦格納！」**接著體積龐大的她腳步像雷聲一樣從走廊傳來，那聲響聽起來絕對錯不了。

史黛拉的機會來了。

她一定要緊緊抓住。

現在。

就是現在。

18 劈啪劈啪

史黛拉蹲在她父親的書房裡，深吸口氣，拿起電話聽筒，放在耳朵旁。女孩不確定自己有沒有聽到撥號音，因為廚房聲響實在太大。但她還是把手指伸進撥號盤開始撥號。雖然走廊那側吵雜不已，但撥號盤轉動的聲響還是令女孩聽得膽顫心驚，眉頭也皺了起來。她聽見遠處盤子一個接一個地砸到地上，趕緊又轉動了兩次撥號盤，然後焦急等待。最後終於有聲音從電話線的另一頭傳來。

「哈囉？」那是一個音調很尖的聲音。「這裡是緊急事件處理中心，請問有什麼事件要處理？」

「警察局嗎？」史黛拉盡快應答。

「對不起，小姐，可以再重覆一遍嗎？那邊的聲音很吵。」

「對啊，對啊，是很吵，不好意思，」女孩這次提高了聲量。「我需要警察過來，馬上過來。」

「妳需要警察！我幫妳接過去。」

然後暫停了一下，接著電話線上又出現另一個聲音。一個很低沉的聲音……那聲音低到簡直像在**低吼**。

「這裡是警察局……小薩克斯比警察分局，小姐，要報什麼案？」

「報……呃……。」不知道怎麼搞的，史黛拉總覺得說出來好像有點蠢。

「說啊。」那聲音催促道。

「是……」

「是什麼？說啊！」

「是謀殺案！」她終於說出來了。

電話線的另一頭沉默了一會兒，然後才又問道：「謀殺案？」

「沒錯，」女孩回答，「事實上，有兩個人被謀殺！」

「還有嗎？」

史黛拉被這位警察的語氣有點嚇到。也許對方以為這又是小孩子愚蠢的惡作劇。

「聽我說，你一定要相信我。」史黛拉哀求道。「我是很認真的。只有兩個人，哦，我意思不是只有啦！我是說有兩個人被殺，但是兩個就很多了啊。」

「所以妳確定有兩個人被殺？」

「沒錯，警察先生。」

「沒有再多了？」

「沒有。」

「所以，小姐，妳可不可以告訴我是誰被謀殺？」

「媽媽和爸爸，我是說我媽和我爸。」

「妳確定？」

「我確定。」

「有意思。所以妳認為是誰下的毒手？」

史黛拉遲疑了一下，才又回答：「我姑媽。」

「對不起，我沒聽不清楚妳說什麼。我想電話線可能有問題，因為我聽到妳說妳姑媽？」

但史黛拉此刻只能把聽筒從耳邊移開，因為電話線另一頭傳來震耳欲聾的劈啪聲。

劈啪劈啪劈啪劈啪劈啪劈啪

「請再重覆一次？」那聲音追問道。

「沒錯，警察大人，我剛剛就是說我姑媽。」

「對不起，線路實在太糟糕了。」

劈啪劈啪劈啪劈啪劈啪劈啪

「是我姑媽！」史黛拉大聲喊道，而且已經超出她該發出的聲量。「她叫阿柏塔。阿柏塔・薩克斯比。」

電話線另一頭傳來寫字的聲音，好像那位警察先生正在記錄。「所以剛剛說的是妳姑媽。這位阿柏塔・薩克斯比是一位小姐？太太？還是先生？」

「我想是小姐吧。」

「小姐？」

「對，是小姐。」

「阿柏塔・薩克斯比小姐。」那位警察顯然正在記錄。「我想我不用說妳也知道，今天晚上全英格蘭都有可怕的暴風雪。」

「我知道。」史黛拉回答。她在講電話時就聽得到大雪在書房窗外肆虐的聲音。

「所以小姐，我恐怕要等到明天早上才能過去。」

史黛拉很害怕。天知道在那之前，那個邪惡的女人會對她做出什麼事？

「你確定今天晚上不能派個人過來嗎？求求你。」她哀求道。

「我很確定，小姐，」對方語氣堅定地回答。「不過妳放心，因為是謀殺案，而且有兩個人被殺，所以我們一定會派倫敦警察廳裡最厲害的探員過去，而且明天一早就過去。再見。」

但就在史黛拉要掛電話之前，突然想起還有件事。「你不需要知道我的住址嗎？」

「哦，對厚。」在電話線另一頭的那個聲音說道。「真是不好意思，小姐，請告訴我住址。」

「薩克斯比大宅。」

「薩克斯比大宅。好，我已經寫下來了。對不起，小姐，我不知道妳的姓名？」

「哦，我其實是……」

「是什麼？」

史黛拉脫口而出：「薩克斯比女爵。」她從她爸媽那裡學到，搬出自己的頭銜通常較能贏得對方對你的尊敬，而且會重視跟你的談話。

「哦，是一位女爵啊？妳真的是女爵嗎？」那語調聽起來有點嘲諷。

「是啊，我是新任的薩克斯比女爵。史黛拉．薩克斯比女爵。」

「那麼薩克斯比『女爵』，現在時間真的很晚了。局裡牆上的時鐘顯示現在已經半夜了，我相信一定過了妳睡覺的時間。」

「是啊，沒錯。」史黛拉附和道，不過她好像沒辦法想像自己可以馬上入睡。

「我建議妳最好先去睡。明天一大早，就會有最棒的探員登門。」

「你保證？」

「我向妳保證，小姐！不好意思，我是說薩克斯比『女爵』，絕對是明天一大早。」

「謝謝你。」史黛拉只能自行想辦法讓自己活到明天早上了。

「薩克斯比女爵？」

「什麼事？」女孩問道。

「別做惡夢哦。」

喀嚓。

電話就斷了。

19 超級詭異

史黛拉放下聽筒，躡手躡腳地走出她爸爸的書房，沿著走廊回去。她小心翼翼地趨近廚房。只見餐盤、杯子、碟子和碗全都從櫥櫃裡飛了出來，砸在地上。廚房地板被碎掉的餐具淹到幾近及膝的深度。

瓦格納發狂似地繞著廚房快速移動，一下子這裡，一下子那裡，試圖用尖銳的鳥喙去啄搗蛋的鬼魂。史黛拉走進去的時候，煤渣手裡正拿著一只船形醬汁皿擋住眼前的大鳥，後來就連那只器皿也掉到地上，砸成碎片。

令女孩驚訝的是，阿柏塔姑媽竟不見蹤影。史黛拉開始慌張，搞不好她衝下地窖去查看她了。於是史黛拉趁瓦格納沒察覺到她的時候，趕緊偷偷穿過滿地碎裂的餐具，爬進輸煤管。

但就在她要下去的時候，往上偷瞄了一眼，發現阿柏塔姑媽竟衝了進來。那女的看起來對眼前的混亂場面感到很困惑。**「瓦格納！」**她喊道。

「你看看這些餐具！你到底幹了什麼好事！你這隻壞鳥鳥！」

史黛拉這才知道煤渣說得沒錯。大人真的看不到鬼。阿柏塔很難得地竟把一切的損害都怪在她的寵物貓頭鷹頭上。

要爬下輸煤管，比爬上來難多了。在沒有全身發亮的煤渣引導下，要想自己摸黑爬下去，簡直是場可怕的旅程。史黛拉總覺得自己隨時可能失足跌下去。最後，好不容易她的光腳丫終於觸到冰冷的地面。就在史黛拉踩到地面的同時，剛好聽見有腳步聲跑下樓。是她姑媽來查看她！她趕緊躺在石地板上，閉上眼睛，假裝睡著了。她聽見鑰匙喀答轉動的聲響，鐵門的門鎖應聲被打開，緩緩開了一條縫。女孩緊閉雙眼，還刻意發出輕微的鼾聲，讓她姑媽以為她已經睡得很熟。

她姑媽就在地窖裡繞著她走動，那種感覺超詭異。

那當下，一切靜悄悄的，史黛拉聞得到阿柏塔靴子上潮溼的皮革味。她忍不住將其中一隻眼睛睜開一點眼縫，結果瞄見一隻巨大的黑色靴子正對著她的臉，距離近到不能再近。

她又趕緊閉上眼睛。史黛拉相信自己一定漏餡了。因為她感覺得到她姑媽拿著火光閃爍不定的蠟燭湊近她的臉時那微微的熱度。她還是動也不動。過沒多久，她聽見她姑媽的腳步聲朝地窖門走去，但史黛拉仍躺在原地，直到聽見門被鎖上，腳步聲上了樓，她才打開眼睛，放心地長吁口氣。她確信她姑媽以為她一直在睡覺。

史黛拉在冰冷的石地板上坐起來。這地方跟她樓上那張舒適的四柱臥床完全是兩個不同世界。這時她聽見輸煤管那裡傳來摩擦聲。接著地窖裡出現微弱的光，然後愈來愈亮。

是煤渣！

史黛拉從來沒想過自己會有一天這麼開心見到鬼。

「所以小姐，妳有**卡顛威（打電話）**嗎？」

「什麼？」

「打電話？」

「哦，有啊。」她到現在都還不習慣他的土腔。「我打給警察了，倫敦警察廳一大早就會派最厲害的探員過來。」

「哇，那素最頂尖的欸。」煤渣大聲說道。「小姐，**素看看（試看看）**去睡個覺。這樣早上才有精神跟**檢察（警察）**說話。」

「你說得對。」

「現在偶爬去煙囪那裡，到屋頂上面幫妳把**轟（把風）**。」

「謝謝你，煤渣。」

「小姐，那素偶的榮幸。偶一看到他們來了，就會下來給妳叫醒。」

「謝謝你，煤渣，」她再次輕聲道謝。「要是沒有你，我都不知道該怎麼辦。」

鬼魂拿下帽子。「很樂意為妳**胡務（服務）**，小姐晚安。」

「晚安，」史黛拉停頓一下，才又承認。「不過我很害怕。」

煤渣微笑幫她打氣，將手擱在她肩上，要她放心。「盡量**晃心（放心）**，因為偶就在這裡。」他說道。但由於煤渣是鬼，所以當他碰觸她時，她完全感覺不到……只是心裡仍有感動。

「我會的。」她回答。

「現在素看看去睡覺，如果妳需要偶，偶就在屋頂。」

鬼魂一消失在輸煤管裡，地窖就又變黑了。

煤渣熟練地穿梭其中，往上爬。他先爬到輸煤管的頂端，從廚房裡出來，走到有大壁爐的起居室。再從那裡的排煙管爬到一樓，活像這棟屋子對他來說就只是一個蛇梯棋盤＊。

沒過一會兒，他已經快到屋頂

＊蛇梯棋：簡單好玩的兒童桌遊。

了。最後從煙囪管裡鑽出來，坐上屋頂。這裡早就積了厚厚的雪。煤渣下定決心一定要趕在那女孩的惡姑媽之前，先看到警察，於是獨自坐在屋頂上，任由暴風雪在他四周肆虐。

煤渣遠眺荒蕪的鄉野，一整晚都在等候遠處有光出現。

20 就是個瘋子

一直到黎明破曉，煤渣才看見遠處有人騎著摩托車朝屋子駛近。蒼白的天空仍在下雪，不過比之前小多了。他一度好奇那是不是阿柏塔的摩托車。但不是……因為旁邊沒有邊車，而且騎車的人是一個穿著制服、打著領帶，身形很魁梧的男子。

男人的棕色長外套在風中往後翻飛，像穿著披風一樣。鬼魂一看到那人駛近薩克斯比大宅，便趕緊跳下煙囪，去通知史黛拉。

「他來了！」煤渣興奮地喊道，同時爬出輸煤管，跳進地窖裡。

「誰來了？」

「當然素檢察（**是警察**）。」

「謝天謝地！」女孩回答，同時坐了起來。「現在幾點了？」

她在黑漆漆的地窖裡待了一整夜，早就完全失去了時間感，根本不知道自己睡了多久。

「小姐，才剛黎明，還很早。」

「沒有時間了。阿柏塔姑媽向來起得很早。我們得趕在那個探員按門鈴之前，先趕到門口。」

「那妳跟偶來。」煤渣說道，兩人隨即一起爬上輸煤管。

女孩從廚房衝出來，沿著走廊往前門跑，一顆心狂跳不已。

就在她要轉動門把時，突然嘶聲說道：「我忘了，前門被鎖起來了！阿柏塔姑媽把鑰匙藏起來了。」

「一定還有別的入口可以進來。」煤渣說道。

他們隔著門就能聽到摩托車引擎被關掉的聲音，然後是踏在雪地上的腳步聲。

「要是他按門鈴，一定會吵醒阿柏塔姑媽！」史黛拉驚慌地說道，但還好煤渣想出一個點子。

「那就趕在他按門鈴之前，隔著信件投遞孔先跟他說。」鬼魂說道。

女孩趕緊推開銅製的孔蓋喊道：「哈囉。」

腳步聲停了，有個人在門前蹲了下來。史黛拉只看到一雙銳利的眼睛隔著投遞孔跟她對看。

「早安，小姐。」那聲音說道，語調低沉沙啞。「我是倫敦警察廳的史特勞斯探員。」那人向孔蓋亮了一下他的警徽。「妳是哪位？」

「我是史黛拉·薩克斯比女爵。」女孩回答。

「啊，對哦，我同事在電話裡跟我提過。但我必須老實說，妳不太像是一位女爵！」他嘲弄道。「比較像是個……流浪兒。」

「很抱歉，我一直沒辦法梳洗和換裝，因為我被鎖在煤窖裡。」

「真的嗎？」他的語氣變得多疑。

「是啊，真的，我說的是真的。」女孩趕緊回答，但又後悔這樣回答他，因為感覺有點像在圓謊。「很謝謝你趕過來。我無法形容我有多高興見到你。你終於來了，可是我又不知從何說起。」她的思緒紊亂，話說得像連珠炮一樣。「我本來在昏迷，後來醒了過來，我的阿柏塔姑媽就告訴我……」

探員故意咳了幾聲。「咳咳，妳不覺得我們應該面對面地談，讓我用筆記錄下來比較好嗎？」

「哦，對，你說得對，當然囉，史特勞斯探員，可……可是……」

「可是什麼？」那男的語氣聽起來有點不耐煩。

「我……呃……沒有前門的鑰匙。」

「妳沒有鑰匙？」探員哼了一聲。

「是啊，沒有，我意思是我沒有鑰匙。先生，我真的很抱歉。我本來有的，可是我姑媽的大巴伐利亞山貓頭鷹把它從我手裡搶走。」

探員自顧自地咯咯笑了起來。「不好意思，小姐，妳的故事愈來愈可笑了！」他的眼睛隔著投遞孔對上史黛拉的眼睛。「這又是一個小鬼過度想像出來的故事嗎？知不知道浪費警察的時間也是很嚴重的罪？」

史黛拉轉身求助煤渣，後者只能擠出笑容鼓勵她。但她又不敢跟探員提到她有一個掃煙囪的鬼在幫她。要是她說出來，他一定會以為她就是個**瘋子**。

「史特勞斯先生，我不是在浪費你的時間。」女孩哀求道。

「小姐，請叫我史特勞斯探員。」他糾正她。

「對不起，史特勞斯探員。」

「妳可以把車庫門打開。」煤渣提議道。

「啊，沒錯，謝謝你，煤渣。」她不加思索地回答。

「小姐，妳到底在跟誰說話？」探員質問道。

「沒、沒有誰，」史黛拉慌忙回答。「我在自言自語。」

「妳常常自言自語嗎？這是發瘋的一個首要徵兆哦。」

「呃……沒有，」她回答，「我……我意思是只有偶爾。事實上，只有剛

剛，就只有剛剛那一次。」

「小姐，如果不介意的話，我要告辭了。」探員唐突說道，轉身要走。

「不要！不要走！求求你！」史黛拉隔著投遞孔哀求道。

「你繞到車庫門那裡，就在你左邊，屋子的盡頭。我可以讓你從那邊進來。」

「如果又在胡說八道，我就只能別無選擇地逮捕妳。」

「不，不，我保證我沒有在胡說八道。」女孩懇求。

「最好沒有。」探員用嚴肅的語調說道。

21 犯罪驚悚片

探員繞著勞斯萊斯車的殘骸走來走去。此刻史黛拉總算可以好好端詳這位探員。史特勞斯是一位肥胖的男子，戴著粗框眼鏡，一頭黑髮像鋼絲一樣，上唇留著濃密的鬍鬚，活像一隻毛茸茸的大毛毛蟲。他看上去很像在演探員，就像從犯罪

驚悚片裡走出來的人物。他身上穿著一件皺巴巴的棕色長雨衣，就套在一件更皺巴巴的灰色西裝外面，那件西裝對他來說至少小了一號尺碼。除了這身打扮之外，頭上還戴了一頂探員們都愛戴的棕色呢帽。

史黛拉在旁邊看著這男的一邊逐一檢查車子的受損狀況，一邊潦草地在本子上記錄。車上有扇車窗沒有

破，她看了一眼她在窗裡的倒影，幾乎不認得自己。她看起來糟透了。在一個陌生人面前光著腳，穿著一件又破又髒的睡衣，臉上和頭髮上沾滿黑色煤灰，感覺實在很丟臉。難怪這探員覺得她像是流浪兒。此刻的她看上去一點也不像爵士和爵士夫人，更不像一個有正式頭銜的女爵。

煤渣趁女孩在向探員解釋那台破車時爬進排煙管，進到阿柏塔姑媽的房裡，查探她是不是還在睡覺。萬一她醒來，他就得再變出一套調皮鬼的把戲出來，好讓這個壞姑媽無法撞見那位探員。以目前來看，只要史黛拉說服得了史特勞斯她爸媽是她姑媽害死的，他沒有道理不追到樓上來就地逮捕她？搞不好他可以趁她睡著時，直接把她銬上手銬。

女孩在旁邊靜靜地看。探員掀起勞斯萊斯車已然歪扭的引擎蓋，檢查裡面的引擎，還用筆敲了敲各種零件，接下來再用腳踢一踢每個輪胎，然後跪下來查看底盤。史黛拉不確定檢查車子是要做什麼。但她心想史特勞斯既然是個探員，一定知道該怎麼做。最後史特勞斯站了起來，大聲宣布：「小姐，在仔細檢查過汽車之後，我的結論是，這只是一場很悲劇性的車禍意外。如果不介意的話，我想告辭回倫敦警察廳了。」

「這不是車禍！」女孩懇求道。

「為什麼不是？」探員翻著白眼。

「因為我相信我爸被下毒了。」

這句話讓史特勞斯當場止住腳步。「妳說被下毒？」

「沒……沒錯。」女孩慌張地說。史黛拉雖然很確定，但要她說出來，還是會很緊張。

探員拉下他的眼鏡，從眼鏡上方直視史黛拉的眼睛。顯然她抓住了他的注意力。「小姐，我們必須坐下來，妳得把知道的事一五一十地全告訴我。」

22 疑雲重重

過了一會兒，兩人在薩克斯比大宅偌大的圖書室裡面對面地坐下來。坐在沙發上的探員因為腳太短，搆不到地，兩條腿懸在半空中。史黛拉躡手躡腳地走回門口，盡可能地小聲關上它。她不想吵醒還在樓上睡覺的姑媽。

「小姐，妳必須知道，」探員告訴史黛拉，「這個案子曾引起很大的輿論，一棟大宅的爵士和爵士夫人車禍喪命，這在當時是所有報紙的頭條。」

史黛拉沒想過這一點。這條新聞那時一定很轟動。「當然，死亡車禍過後，警方就從倫敦警察廳派了一組菁英探員展開全面調查。」

「有嗎？」史黛拉問道。

「當然有。在過濾了所有證據和訪問了所有目擊證人之後，全英國最精良的探員團隊做出結論，認定完全沒有他殺嫌疑。」

「他們認為這只是車禍？」史黛拉問道。探員的說法很有說服力。她有點開始相信他。

「沒錯，小姐，他們真的是這麼說。沒有任何疑慮，一點也沒有，一絲一毫都沒有。妳知道那個令人遺憾的事故發生之時，是哪個英雄挺身而出嗎？」

「我不知道。」

「是妳美麗的阿柏塔姑媽。」

小女孩很是吃驚。她姑媽怎麼可能被形容成「美麗」？

「是她第一個趕到犯罪現場，我是說車禍現場。」

女孩完全不知道這件事。「真的？」

就在這時，圖書室的門被緩緩打開。史黛拉從椅子上緊張地跳起來，莫非是阿柏塔姑媽來了？

結果門一開，原來是吉伯。老管家走進圖書室，手裡拿著銀色托盤，上面擺著一對熱燙的拖鞋。「殿下，您的英式烤餅好了！」他大手一揮，大聲說道。「請容我為您擱在桌上。」才說完，吉伯的托盤忽焉掉在地上，那雙抹了奶油的拖鞋被拋飛到半空中，其中一隻落在探員的膝上，它顯然才剛烤好，因

為燙到他痛苦地皺起眉頭。

「噢！」

探員連忙地把它從身上撥開，拖鞋隨即掉到地板上。

可是吉伯還沒完。

「大人，如果您需要吩咐其他事情，只要按這個鈴。」他說道，同時從身上那件布滿灰塵的大禮服口袋裡掏出一只煮蛋計時器，然後小心翼翼地擱放在探員頭上。「我就在圖書室裡。」

老管家鞠個躬，離開圖書室，關上身後的門。

惱火的史特勞斯取下頭上的煮蛋計時器，丟在地上。

「探員，請別介意，」女孩說道。「這只是我們的老管家吉伯。」

「那男的是個白痴！應該把他立刻趕出去，處以鞭刑！*」

史黛拉當然知道吉伯不是這世上最好的管家。事實上，他很可能是最糟

＊我真不敢相信。鞭刑？我知道，這探員真不是什麼好東西。

的管家。但史特勞斯還是太刻薄了。

「我們剛談到哪裡了？」探員繼續剛剛的話題，顯然很不滿被突然打斷。

「嗯，你剛剛告訴我，我姑媽是第一個趕到現場的人。」女孩提醒他。

「啊，對，沒錯，小姐。這位勇敢的女士拚命想救回妳爸媽。」

「她有嗎？」女孩聽得目瞪口呆。

「有啊，小姐。很可惜她救不了他們。他們當場就死了。」

史黛拉一聽到他們當場死亡，便全身發抖。

「不過阿柏塔盡全力搶救妳。她冒著生命危險，把妳從那台燃燒中的車骸裡拉出來。」

小女孩相信了。「對不起。」她喃喃說道。「真的很對不起，我完全不知道。」探員似乎比她更清楚事情的經過。那是當然的，因為這場車禍害她陷入昏迷，不知道事情經過也是正常。只是她開始感到有點愧疚，覺得好像不該指控自己的姑媽。

「小姐，妳很幸運能有一位像阿柏塔這樣的姑媽。她是一位心腸很好，很會照顧人的女士。既美麗又聰明，還是這世上最棒的姑媽。舉辦葬禮時，妳還在住院，所以不知道妳姑媽在教堂裡的致詞有多感人。她顯然很愛很愛她那可憐的弟弟和弟媳。阿柏塔小姐甚至在兩副棺木陸續被抬出去時，為所有哀悼者獻唱了一首超好聽的德國歌劇。她的歌聲真是太美了。」

什麼？女孩心裡詫異。這幾年來，史黛拉很不幸地曾親耳聽過她姑媽唱過幾次歌，那聲音聽起來就像在殺豬一樣。「她令教堂裡的每個人都感動到哭了。」探員繼續說道。

「可能是因為她的歌聲太難聽了吧。」小女孩回答。

「妳這樣說太不厚道。」探員厲聲說道。

「妳怎麼可以這樣說?!」

他的怒氣嚇到了小女孩。她連忙道歉。「我不該這麼說的。」

「小姐，妳應該為自己感到羞恥。」他大喊道。**「她是世界級的歌劇演唱家！」**

史黛拉覺得自己都快哭出來了。他變得好像在罵小孩一樣。

「對不起。」她喃喃說道。

「妳是應該道歉！還有不管妳要做什麼，就是不准哭。我不能忍受愛哭的小孩。我說到哪兒了……？哦，對了，我想起來了。葬禮後，過了兩個月，阿柏塔小姐親自把妳從醫院接回來，她知道沒有人比妳最愛的姑媽更懂得如何照顧妳。」

雖然這位探員的話說得鏗鏘有力，但史黛拉還是不太相信。「那她為什麼要把我鎖在地窖裡？」

史特勞斯表情一度看起來有點火。「這個嘛……呃，我想如果她真的把妳放在那裡，」他正在小心地選擇自己的用詞，「一定是為了妳好。毫無疑問的，妳發現爸媽車禍喪命之後，一定受到很大的驚嚇。而這種驚嚇可能害妳做出奇怪的事情。也許妳試圖逃家？我說得對不對？」

史特勞斯真的是個很厲害的探員。他似乎什麼事都能推理得出來，連沒被問到的問題都能解答。

「是……是啊，」史黛拉承認道。「我試圖要逃走。」

「我想也是。可是天氣這麼惡劣，妳可能路上就凍死了。我們不能讓這種事發生，對不對？」

「對。」女孩回答。

「暫時還不能。」探員喃喃說道。

「你剛說什麼？」史黛拉質問。

「哦，沒什麼，小姐。」史特勞斯一臉無辜地回答。

23 謀殺罪

「探員，我很抱歉，」史黛拉看著對面的他說道。「不管我怎麼努力，我還是不太相信這只是場車禍。我認為它可能是……」她起初遲疑了一下，最後還是說出了那兩個字，**「謀殺！」**

「確定是謀殺？」史特勞斯語氣不是很贊同。「小姐，妳憑什麼這麼相信這是謀殺罪？」

史黛拉深吸一口氣，集中思緒。「史特勞斯探員，聽我說，我姑媽車禍當天早上幫我們泡了一壺茶。」

「這實在太貼心了。」探員沉思道。

「是啊，但這跟她平常的舉動完全不一樣！」女孩厲聲說道。

探員搓了搓他那濃密的鬍子。「我倒是很想聽聽妳憑什麼說阿柏塔姑媽泡了一壺茶就謀殺了妳爸媽？**哈哈哈！**」這男的一想到她的指控，便哈哈大笑。

小女孩猶豫了一會兒才回答。「因為我認為她在茶裡下毒。」

探員沉默了一下。他冷冷地瞪了女孩一眼，那眼神令她背脊發涼。「妳認為？還是妳知道？」他質問道。

「我知道……我認為啦……我認為我知道啦……」史黛拉快錯亂了。現在怎麼變得好像她在被審問一樣。

「小姐，我想不用我提醒，妳也知道這是一個很嚴重的指控。」

女孩不免懷疑起自己。她對這整起事件的看法開始崩解，就像一串珠子紛

紛散落一樣。但是有一件很重要的事，史黛拉非常確定。「我讀過很多神祕謀殺案的故事……」她開口。

「哦，所以這就是妳胡說八道的來源囉？」探員嗤之以鼻。

「我從故事裡得知，在多數謀殺案裡，殺人犯都會有一個動機。所以多半都是靠它來破案。而我姑媽就有一個很強烈的動機。」

「動機？」史特勞斯咯咯笑。「妳快要讓我失業了！所以妳姑媽的動機可能是什麼？」

女孩先深吸了一口氣才回答：「她想要這整棟房子登記在她名下。她一直都很想，從她很小的時候就很想。」

「哦，真是這樣嗎？」探員的語氣聽起來尖酸刻薄。

「沒錯！」史黛拉很確定這一點。「她一直在說，我必須把薩克斯比大宅過戶給她。還好她到現在都還沒找到權狀。」

史特勞斯搖搖頭。「很有可能妳姑媽只是想幫忙打理這裡的一切。」探員對每個問題都有他的答案。他遲疑了一會兒，才又問史黛拉：「在這個案子裡，屋子所有權狀當然是非常重要的證物。妳不會剛巧知道它被藏在哪裡吧？」

「不知道，」女孩不由自主地瞄了圖書室的書架一眼，因為她知道《挑圓片遊戲規則大全》被放在那裡。史黛拉就是忍不住。畢竟她不習慣撒謊。但這舉動鐵定已經洩露出她爸爸藏匿權狀的地方。女孩不太相信史特勞斯探員。要是他知道權狀在哪裡，會不會交給阿柏塔姑媽？因為這男的很奇怪地好像每件事都一面倒地偏向那女的。

探員自顧自地笑了起來。「為什麼妳在說不知道的時候，眼睛卻看著書架呢？」

「我沒有！」小女孩反駁，但無法阻止自己又去瞥那本書。

探員聽得出來有沒有撒謊。他從沙發上跳下來，搖搖擺擺地走到書架那裡。

「你在做什麼？」史黛拉問道。

「只是看一下薩克斯比大宅裡有哪些藏書。」探員回答。

「也許我應該帶你去我爸的書房。」史黛拉說道，同時試圖帶這個男的離開圖書室。

「小姐，不用了。去廚房幫我倒杯上好的雪利酒吧。」

「現在嗎？」史黛拉倒吸口氣。

「對，就是現在。」史特勞斯語氣堅定地回答。

他說完便一把抓起女孩的手臂，把她推出圖書室，**砰**地一聲關上門。

24 貓頭鷹標本

煤渣蹲在樓上阿柏塔姑媽房間的角落裡。由於這女的夜裡總是將房門上鎖，所以鬼魂是從排煙管下來進到房間裡的。他的任務是看好正在睡覺的阿柏塔。要是她有任何動靜，立刻通知史黛拉。因為萬一她醒來，逮到她姪女在跟探員說話，那就完蛋了。

這房裡最重要的擺設是一幅鑲著金框的巨大油畫，畫裡是史黛拉的姑媽和瓦格納。她那張四柱臥床的四周擺了很多張桌子和底座，上面都是被裝在玻璃缸裡的貓頭鷹標本，全是各種品種的貓頭鷹，有不同的顏色和大小。

•日本迷你貓頭鷹。

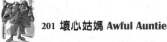

• 喜馬拉雅山的單眼貓頭鷹，或稱之為「獨眼貓頭鷹」，不過牠只存在於傳說中。

• 南極洲長喙水陸兩棲貓頭鷹，牠可以潛入幾百英尺深的水底去抓魚。

• 多刺貓頭鷹，拉丁文是「Owlos Hedgehogius」。

•半豬／半鴿貓頭鷹，拉丁文是「Pigowl」。

•不會飛的斐濟小翅貓頭鷹，拉丁文是「Owlus Smallwingius」。

•連體嬰貓頭鷹，或稱雙頭貓頭鷹。

•威爾斯無毛貓頭鷹，拉丁文是「Owlus Baldius」。

• 三隻腳的「三腳貓頭鷹」。

• 毛茸茸的北極貓頭鷹，千萬別跟英文發音雷同的雪糕捲蛋糕混淆了哦。*

哪怕對一個鬼魂來說，映入眼前的還是一幅很邪門的畫面——這些美麗的生物永遠被留存在死亡裡。大大小小的玻璃缸仿製出各種不同的林地場景，而這些鳥也都擺出各式各樣的誇張動作。有一隻棲在一根樹枝上，展翅要飛。其中一隻爪子仍抓一隻老鼠標本。其他的動作更是一個比一個怪誕。

* 眾所皆知，餐廳裡耳背的服務生會幫客人送上一隻嘴裡插著一根威化餅的北極貓頭鷹當甜點。它不好吃。除非你先把它放進蛋奶凍裡悶死。

．正在敲木琴的貓頭鷹。

．兩隻正在打羽毛球的貓頭鷹。

．穿溜冰鞋的貓頭鷹。

．正在玩劍術的貓頭鷹。

‧兩隻在騎雙人腳踏車的貓頭鷹。

‧穿著皮短褲，表演傳統的巴伐利亞啤酒節舞蹈的貓頭鷹。

‧穿著全套賽馬騎師服、騎在一匹小馬上的迷你貓頭鷹。

‧把自己打扮成第一次世界大戰裡的德國王牌飛行員紅色男爵的貓頭鷹。

• 跳著國標舞的貓頭鷹。

• 跳著霹靂舞的貓頭鷹，這尤其詭異，因為霹靂舞是在一九七〇年代末期才創作出來。

對任何一個到過阿柏塔姑媽房間的人來說，都會覺得這個女的很怪。事實上，不只是「怪」，而是「怪上加怪」，甚至是「怪上加怪再加怪」*。

遠在房間另一頭的煤渣，看得到那張四柱大床上的被子底下睡著一個人，伸在棉被外面的那顆頭戴的是阿柏塔平常會戴的獵帽，打呼聲大到連傢俱都微微震動。

* 或者說「怪上加怪再加三級怪」。

煤渣的目光在房裡掃了一圈，又回到睡在床上的那個人身上。但這時他注意到一個很奇怪的地方。被子底下伸出來的應該是那女的腳，怎麼會是爪子呢？

煤渣躡手躡腳地走到床邊，輕輕慢慢地掀開被子，結果底下竟然是一隻全身羽毛的大怪物。

躺在床上的不是阿柏塔姑媽。

是瓦格納！

ZZZZZZZZZz......!

ZZZZZZZZZZzzz......!

25 空中攻擊

煤渣放聲尖叫，吵醒了床上的大鳥。

若說你對大巴伐利亞山貓頭鷹必須要有什麼樣的認識，那一定就是這種物種在早上的時候脾氣都不太好。哦，不，應該說牠們是天生的夜行性動物，所以一旦睡著了，就會一路睡到下午才起床，然後晃一下，吃一個算是已經很晚的早餐或早午餐，再整理一下羽毛，追一下最近的貓頭鷹新聞，才會再去做別的事。

所以在中午前叫醒大巴伐利亞山貓頭鷹的這個舉動，根本在找死！

而這也正是那個倒楣的男孩剛剛犯的錯。

大鳥對著煤渣瘋狂地嘎嘎大叫，牠從床上彈起來，跳上跳下好一會兒，啄呀啄地想要啄到那鬼魂。接著牠拍打巨大的翅膀，飛到空中，在阿柏塔姑媽的房間裡四處追著男孩，同時繼續嘎嘎大叫，想用尖銳的爪子逮住他。

「啊啊啊啊啊啊啊！」煤渣放聲大喊，死命擋開那隻鳥。他衝向房門，但門被鎖上了。

貓頭鷹正用鋒利的鳥喙猛烈啄煤渣。

男孩像被困在屋子裡的老鼠一樣，只能貼著屋裡的角落四處逃竄。但這沒有用，那隻鳥從上面朝他俯衝。煤渣絕望地想躲到玻璃缸後面，但貓頭鷹揮動有力的翅膀，推倒它們。貓頭鷹標本跟著撞破玻璃缸，全掉在地上，場面可怕。沒多久，阿柏塔姑媽的房間就到處都是砸爛的櫃子、碎裂的玻璃，以及打扮古怪的貓頭鷹標本。

煤渣慌亂地伸手往身邊亂抓，結果抓到一套挑圓片遊戲。他舉在頭上，朝瓦格納的臉猛砸，五顏六色的圓片被拋飛在半空中。

但這隻大貓頭鷹仍不死心。

煤渣得逃出這裡才行。但唯一的出路就是他之前進來的那條路。於是男孩衝向壁爐，想爬進去。

「啊啊啊！」他尖聲大叫。

煤渣的腿被貓頭鷹的鳥喙咬住，硬要把他拉下

來。煤渣只好用另一隻腿狠踹大鳥的頭，後者痛得放開，張嘴嘎嘎大叫。

嘎嘎嘎嘎！

煤渣趕緊爬進排煙管。現在壁爐在他下面了，他暫時覺得安心了。那隻大鳥還在對他尖嚎＊！但牠總不可能跟著飛上來吧！

他錯了。

煤渣往下看。

瓦格納像顆飛彈一樣正在排煙管裡往上飛竄，兩隻眼睛在黑暗中閃閃發亮。那隻鳥不停張嘴亂咬，只想把男孩撕成碎片。

「不——！」煤渣尖叫，叫聲迴盪在屋裡的所有排煙管和通道裡。

＊尖叫的意思。

26 叫做死亡埋伏的一種植物

正當史黛拉在廚房幫探員倒雪利酒的時候，後者走了進來，鬍子底下的那張嘴正偷偷地咧開在笑。

她轉身時，赫然看見他站在門口，她被嚇了一大跳，手裡的雪利酒醒酒瓶瞬間落地。

碎！！！！

結果也成了廚房地上的碎餐具。

「妳這個笨蛋！」他說道。

「對不起，可是你嚇到我了！」她回答。「我以為你還在圖書室。」

「沒有啊，我已經做完我分內的工作了。」

史特勞斯探員找到權狀了嗎？史黛拉無法確定。

她得小心自己的措詞。「所以你在裡頭沒找到什麼東西吧？」她試探問道。

「沒有，小姐，連根香腸也沒找到。」

探員說的是實話嗎？但在那當下，史黛拉只能選擇相信他。

她低頭看著廚房裡一地的碎餐具。「茶壺就在地板上的某處，它被打碎了。但要是我能找到其中一塊碎片，你就可以把它帶回倫敦警察廳的實驗室進行毒物檢測。」

探員搔搔頭，但是女孩已經跪了下去，伸手在碎餐具裡頭搜找。「一定在某個地方！」

「小姐，我真的沒有時間等妳。」探員哼了一聲。

「你可以幫我一起找茶壺嗎？」

「不能，我不行。」他生氣地回答。「這整起調查事件快變成一場鬧劇了！」

女孩還在努力尋找茶壺的蹤影，她現在覺得自己很蠢，當初幹嘛答應煤渣跑到廚房鬧事，結果把唯一的證據毀了。「如果我們找不到茶壺，也許可以改找毒藥。我姑媽可能把它藏在這裡的某處。她應該是直接從白鐵罐裡倒進茶壺的！」她大聲說道，同時衝向食品櫃，在數以百計的瓶瓶罐罐裡搜找。

史特勞斯一臉疲憊地在旁觀望，不耐煩地嘆口氣，害得女孩更是懷疑自己，覺得這種搜找好像一點意義也沒有。過沒多久，史黛拉就清空了廚房裡的每只白鐵罐、廣口瓶和盒子，但還是沒有找到任何看起來或聞起來可疑的東西，只找到發霉的餅乾、沒吃完但已經沾了灰塵的燕麥片，還有一小塊早被遺忘的水果蛋糕，上面長了一層白色的霉，而且還有一隻蛆從裡頭爬出來。但更令女孩驚駭的是，那個肥胖的探員竟拿起那塊蛋糕，一口吞下去。

「我剛還在想，妳到底什麼時候才要拿蛋糕過來給我吃！」史特勞斯滿嘴

蛋糕地嘀咕道。「所以，這位小姐，妳這場可笑的遊戲到底結束了沒？」

「還沒！而且這不是遊戲！」她抗議道。「探員，你必須相信我。阿柏塔姑媽一定有毒害我們，我很確定。只要再讓我翻找一遍這裡的白鐵罐。」

探員刻意大聲嘆氣，並以誇張的動作查看自己那只金色懷錶。「雖然我很樂於等妳清乾淨自己的廚房，但我真的得趕在暴風雪又出現之前騎車回倫敦警察廳。我有很重要的警政會議要參加，還有真正的犯罪案件得處理和真正的罪犯得逮捕。而不是在這裡聽一個很蠢的小女孩瞎編故事。」

「可……可是——」史黛拉想辯解。

「我一回到警察廳，就得提交一份報告，所以需要妳先簽這份我準備好的聲明。」

「聲明？」史黛拉問道。

「是啊，小姐，這是警方的標準程序。我只需要妳在底下簽名和註記日期。」

探員拿出一份看起來很正式的文件在她面前晃了一下，就馬上抽開，她根本來不及看。

「上面說什麼？」史黛拉的父親曾告訴她，任何文件在沒有仔細閱讀之前，都不能簽名。

「什麼叫做『上面說什麼』？它就是把妳所有的證詞做個總結啊，承認撤銷妳的指控，因為妳已經明白那全是胡說八道！」

「這不是胡說八道！」

「就是胡說八道！」

「不是胡說八道！」

「是胡說八道！」

「不是！」

「是！」

「不是！」

「是！」

如果史黛拉再繼續反駁下去，恐怕吵到天黑也吵不完。「史特勞斯探長，這太幼稚了，再說，就算我想簽名，也得先讀過一遍才行。」

探長的臉開始漲紅，他掏出一支很粗的黑墨水筆，每說一個字，銳利的金色筆尖就往她的方向戳一下，而且愈戳愈近。史黛拉吞吞口水，深怕被它戳到。

「給我簽了這聲明。」

「我、要、先讀一遍！」

探長停下動作，露出笑容。「小姐，為了省掉妳的麻煩，我讀給妳聽。」說完，那男的就把紙湊近自己的臉，距離近到史黛拉根本看不到上面寫什麼，然後他開始大聲宣讀。

「一九三三年十二月二十二日，我史黛拉．薩克斯比女爵，特此根據B法第三十三節，第九十二條規定，向史特勞斯探長做出以下的警方聲明。我父母是那什麼爵士和夫人……」

探長似乎故意含糊念過一些內容。

「……死於一場車禍……於是，呃……我斷言他們是因為攝入茶水裡被磨碎的死亡埋伏種子而導致車禍……就這樣……嗯…嗯……」

女孩瞪看著探長。「你剛說什麼？」

正在讀文件的探長抬起頭來，回瞪那女孩。

「什麼意思？我剛說什麼？」他反問道。

女孩瞪大眼睛。「你剛說什麼茶裡有一種叫死亡埋伏的植物種子？」

「我有說嗎？」史特勞斯探長看起來很不安。

「有啊，你剛有說！」史黛拉確定她逮到了……逮到一條大辮子。「因為我從來沒提到那東西。絕對沒有！」

「小姐，我剛剛沒有這樣說。」

「你有！你不要狡辯！」

這時候，這男的臉部猛烈抽搐。

27 撞球室裡的大戰

排煙管裡的煤渣盡量加快速度往上爬，瓦格納緊追在後，而且不時狂咬他的腳跟。

煤渣已經在薩克斯比大宅出沒幾十年，熟知這屋子牆壁後面上上下下的排煙管網絡，他兩條通道交會之際，猛然跳進另一條，再一路往下滾，跌進撞球室的壁爐裡。

這裡是薩克斯比爵士晚宴過後會招待男性賓客前來娛樂的地方。他們會在這裡打撞球，抽上好的雪茄，喝雕花玻璃杯裡的威士忌，但是這地方已經棄置多年。巨大的木製撞球桌雖然仍傲然挺立在房裡正中央，但翠綠色的粗呢檯面早已蒙上一層厚厚的灰。

煤渣從壁爐裡滾出來，慌忙爬過撞球室，躲在其中一根結實的木製桌腳後方。

過了一會兒，瓦格納也從排煙管裡竄出來，大坨煤灰跟著飛灑而出。大鳥拍動巨翅，打散霧茫茫的煤灰，然後在地毯上滯留了一會兒，歪著頭，環顧這個房間，查看米色地毯上明顯的黑色足跡和手印。這些印子始於壁爐那裡，最後在撞球桌底下的某個地方止住。

那隻鳥找到了牠的獵物。

煤渣躲在桌腳後面，動也不動，深怕洩露蹤跡。貓頭鷹循著煤渣留在地上的印子悄聲地朝他那裡跳過去。當大鳥突如其然地出現在撞球桌腳的後面時，煤渣嚇呆了，他彷彿能聽見大鳥的呼吸聲。

煤渣盡量不出聲地朝桌面伸出手，想抓一根撞球桿來保護自己。但木桿撞到桌面邊緣，瓦格納跳到一旁。

「嘎！」

大鳥發出的叫聲震耳欲聾。

煤渣把桿子往前面戳，但還沒打到瓦格納，就被牠的鳥喙緊咬住，然後用力一折，斷成兩半，

但這給了煤渣一個跳到桌上的機會。桌上有好幾顆彩色撞球。這一輩子都在當煙囪清潔工的煤渣，根本不懂這麼多不同顏色的球要做什麼。但此刻他幫它們找到了新用途。貓頭鷹也跳上桌子對面，利爪劃破綠色的粗呢布，煤渣說時遲那時快地拾起一顆白球，就往瓦格納的方向直接砸過去。大鳥本能反應，迅速地用爪子接住球。煤渣驚詫地看著那隻鳥慢慢壓碎小白球。

喀嚓嚓嚓！

喀嚓嚓嚓！

瓦格納把它揉成了碎片。

鬼魂跳下桌子，衝向門口。貓頭鷹也從撞球桌飛起來，追在後面。煤渣把手邊能抓的東西全往大鳥的方向砸，書啊、畫作啊，甚至咖啡桌。但那隻鳥竟用翅膀揮開所有物件，它們一個接一個地撞向牆面，裂成碎片。

碰碎碎碎乓乓！

煤渣好不容易跑到門口，手忙腳亂地想要打開門。他瞥了後面一眼，貓頭鷹正全速朝他飛來。瓦格納拉長身軀，像比子彈還快地咻地一聲飛過來。

煤渣趕緊甩上身後的門。

乒！

下一秒是一聲巨大的

砰！

那隻鳥直接撞上沉重的橡木門。

煤渣站在走廊外面，臉上浮起笑容，手緊抓住門把，下定決心要把那隻可怕的鳥困在裡面。

砰！

門被撞得搖搖晃晃。

鬼魂簡直不敢相信。

貓頭鷹正在試著撞開門。

砰！

煤渣聽到那隻鳥又拍打翅膀，飛了上去。毫無疑問，牠正繞著撞球檯飛，打算再撞一次。

煤渣還是緊抓住門把。

砰！

這一次厚重的木門竟然被它撞到凹了。

煤渣決定趕快逃。他沿著走廊奔逃時，大巴伐利亞山貓頭鷹竟真的撞出門外。

砰通！

木屑往四面八方炸開……

砰！

瓦格納砰的一聲掉在地上，動也不動地躺在那裡。牠是把自己撞昏了嗎？

結論是那隻鳥真的不動了。

鬼魂趕緊躡手躡腳地沿著走廊離開，鑽進他看到的第一個房間，小聲關上身後的門。這裡是嬰兒房。窗邊有一台靜止不動、老舊的搖搖馬，地板上鋪設著玩具火車軌道。這裡有大本的圖畫書，還有泰迪熊、洋娃娃、玩具士兵，一大箱的玻璃彈珠、玩具車，甚至還有一隻裝著輪子的玩具狗。這是目前為止煤渣最喜歡的房間。他和救濟院裡的孩子從來沒擁有過任何玩具，所以這地方對他來說很神奇。

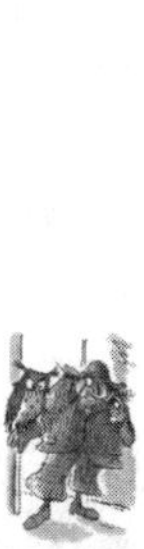

但不管他再怎麼想待在這裡玩，也還是得離開，於是他走到壁爐那裡，爬進排煙管。

回到黝黑通道裡的他，知道自己得快點找到他的朋友史黛拉。他必須警告她。阿柏塔姑媽根本沒在樓上睡覺。

他突然恍然大悟，知道阿柏塔在哪裡了。他相信女孩有危險了。

28 黑暗裡的勾當

你想知道阿柏塔姑媽都在她的花房裡種什麼嗎？

我想你可能想知道。

花房就座落在薩克斯比大宅長草坡的盡頭。阿柏塔把那裡的所有窗戶都漆成黑色，還在門上安裝了一道很大的金屬掛鎖。這裡是史黛拉的禁區，也是家裡所有其他人的禁區，誰都不准進去，連瓦格納也不行。有一次小史黛拉問她姑媽，沒有陽光，植物怎麼生長？結果她被告知：「這些特殊的植物只在黑暗裡生長。」這說法只是讓女孩更好奇裡面究竟有什麼。但阿柏塔總是小心翼翼地守護著她的花房，史黛拉根本連偷窺的機會都沒有。

阿柏塔當然是在裡面種了死亡埋伏這種植物，時間長達十年，她一直在等候適當時機使用它的有毒種子。

阿柏塔幾十年來都在黑暗的掩護下栽種許多罕見植物，

死亡埋伏只是其中一種。它們是隱密的植物，世上少有人知道它們的存在。它們致命到連阿柏塔都得戴上很厚的皮手套來保護自己。

以下只是阿柏塔種在花房裡的其中幾種致命植物：

- 黑玫瑰

看上去很漂亮，但要小心，別被它的刺戳到手。因為它的毒汁毒到連大象都可以被毒死。

- 致命果

這些掛在半空中的紫色水果會在你咬它們一口之前，先咬你一口。

- 厄運灌木

傳說這棵灌木的枝條可以把一個成人勒死。

• 巫毒毒羊齒植物

在古老的魔法儀式裡燒掉這種植物，就能誘使你去犯罪。

• 巫婆青苔

一種味道有毒的青苔，可能引發嚴重的窒息，甚至死亡。

• 耳語百合花

眾所皆知，這種植物會在你轉過身時偷偷說你壞話，慢慢把你逼瘋。

•蠕動松柏

大家都知道它們在撲上來之前，會先在暗處移動。

•催眠繡球花

這些花可以幫你減重或戒煙，但也可能催眠你去犯下滔天大罪。

•殘酷莓果

它們的香甜氣味可能會讓人相信它是安全可食的。但只要咬一小口，就會害你立刻沒命。

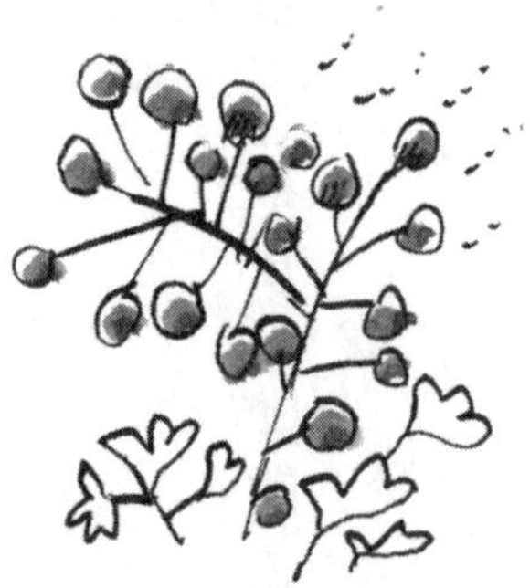

・嘶聲蘭

當你彎下腰想聞它時，它就往你身上噴毒劑。

我們先回到原來的故事裡。此刻，廚房裡的史特勞斯探長正在冒汗。

這男的曾在史黛拉該簽的警方聲明裡提到一種叫死亡埋伏的植物，他怎麼知道有這種植物？史黛拉只是推測她爸媽可能中毒，但並不曉得是中什麼毒。這女孩開始把一切拼拼湊湊起來。被磨碎的死亡埋伏種子一定是在那天早上被阿柏塔放進茶壺裡。這也是為什麼史黛拉會昏過去，勞斯萊斯車會出車禍，可憐的爸媽一點活命的機會都沒有。

史特勞斯探長正在露出馬腳。他知道很多實情，只是都不說而已。

那男的緊張地想把筆塞給女孩。「小姐，只要在下面簽名就行了。」

「我不要！」史黛拉愈來愈有自信。「你怎麼知道我姑媽在她的花房裡種植奇怪的植物？」

史黛拉正漸占上風。現在換她質問他了。

「小姐，妳是有妄想症吧！我從來沒說過死亡埋伏這幾個字！」

「你有！」史黛拉堅稱道。

探員正在猛流汗，濃密的鬍鬚好像開始……剝落。汗水顯然洗掉了黏膠，鬍鬚要掉不掉地掛在上唇。

「你的鬍鬚要掉下來了！」女孩大聲說道。

「小姐，別胡扯了！我鬍鬚今天才長出來的！」說完，那男的就轉過身去，背對著她整理黏在他上唇那個不知道是什麼的東西。等他再轉身回來時，史黛拉看見他竟把那東西上下黏反了。

「反了！」女孩喊道。

就在這男的忙著處理臉上的鬍子時，史黛拉趁機搶走他手裡的紙，兩眼快速掃瞄紙上內容。結果發現它根本不是警方聲明，而是薩克斯比大宅的所有權狀。就是

她姑媽要她簽名的那張權狀，這樣才能把房子過戶給她。

「是妳，對不對？」女孩大聲問道。

「妳答對了，孩子。」那邪惡的女人滿意地說道，同時摘掉也是偽裝之一的粗框眼鏡。「我就是妳親愛的阿柏塔姑媽。」

29 噁心的男性假髮

「他就是阿柏塔姑媽！」煤渣大聲喊道，同時砰地一聲掉進廚房的壁爐裡，一大坨黑色煤灰跟著飛灑出來。

「沒錯！」史黛拉不假思索地回答。「我知道。她的鬍子掉了！」

阿柏塔姑媽那雙銳利的黑眼睛掃視廚房。**「孩子，妳在跟誰說話？」**她質問。**「告訴我，是誰？」**

史黛拉循著她姑媽的目光望過去，鬼魂雖然站在那裡，但她發現她姑媽的目光並沒有看見誰。

「沒有誰啊！」女孩厲聲回答。史黛拉希望能繼續保有她的祕密武器。

「什麼叫做沒有誰？」阿柏塔姑媽益發懷疑。「妳一直看那邊，而且在跟那邊說話。」她把女孩推倒在一張椅子上，大步走到火爐那裡，抬頭查看排煙管。煤渣閃到旁邊，緊閉嘴巴。

「哈囉？」阿柏塔朝通道上面喊道。

她的聲音在排煙管裡上下迴盪。哈囉——哈囉——哈囉——。聽到迴音的她忍不住又大叫一聲：「迴音！」

結果又上上下下迴盪。

「上面沒有人！」女孩說道。

迴音——迴音——迴音——

「那妳在跟誰說話？」阿柏塔姑媽逼問。

史黛拉急中生智地說：「我只是在跟我想像中的朋友說話。」

那女的朝她大步走來。「**我想像中的朋友，**」她模仿她姪女的語調。「真是長不大！」阿柏塔姑媽好像真的相信了。「我至少已經有五年沒有想像中的朋友了！妳朋友叫什麼名字？」

史黛拉脫口而出她第一個想到的名字。「金剛。」

這是她當年跟爸爸一起看過的一部電影。她不知道她為什麼會挑這名字。

「金剛是做什麼的？」阿柏塔問道。

「他是很大隻的猴子。」史黛拉知道這聽起來很蠢，但已經來不及了。

想像中的朋友可能形形色色，大小不一。以下許多奇怪的角色都是小孩子想像出來的。

友善的龍
中世紀的
武士
袋鼠
年紀很小的
山頂洞人
腹語木偶
金剛

阿柏塔很是不屑她姪女竟然選了金剛來當想像中的朋友。「妳在跟一隻很大隻的猴子說話？這年紀應該有更好的選擇吧？妳幾歲了？」

「聖誕夜就十三歲了。」

「哦，對，就快十三歲了，只剩兩天。」阿柏塔思索道。「無所謂啦。妳昨晚在車庫裡就是跟他說話，是嗎？」她姑媽繼續問道。

「妳……妳監視我？」史黛拉一想到原來自己一直受到監視，而且一無所知，就覺得反胃。

「是啊，」那女的大聲說道，臉上泛起邪惡的笑容。「我全都聽到了。」

阿柏塔從口袋掏出菸斗，點燃它，慢慢地吸了幾口濃郁到令人想吐的菸。顯然她很享受這一刻……解釋自己有多聰明的這一刻。但就在這時，走廊好像傳來翅膀拍打的聲響，阿柏塔的目光從她姪女身上移開。她背後的史黛拉連忙趁機對著煤渣做出「快躲起來」的嘴型。鬼魂點點頭，趕在大鳥飛進廚房之前，安全地爬回排煙管裡。

「啊，親愛的，早安。」阿柏塔姑媽說道，貓頭鷹這時飛了過來，棲在她手臂上。她不停親著瓦格納的鳥喙，大鳥振動翅膀，上下擺動頭顱。阿柏塔又轉頭回去對史黛拉說：「昨晚我去花園幫我的貓頭鷹雪人做了最後的收尾工作。」

「貓頭鷹雪人？」史黛拉問道。

「是啊，」那女的繼續說道。「孩子，妳應該有聽過貓頭鷹雪人吧？就跟普通雪人一樣啊！只是比較有一點……該怎麼說呢？」

「像貓頭鷹？」女孩試探地問。

「沒錯！」

史黛拉看過草地上那尊巨大的雪雕作品。只是她從來不覺得那像貓頭鷹。看來她姑媽對那種大頭鳥已經著迷到無可救藥的地步。

「後來我看到車庫的窗戶有光，我覺得奇怪，就走到門口那裡，結果聽到妳的聲音。妳不知怎麼搞地從地

窨裡跑出來了。要告訴我妳是怎麼出來的嗎？」

女孩必須快點想出一個答案，她不想讓她姑媽知道她是從輸煤管爬上來的。因為她可能會因此封掉輸煤管和所有的排煙管。

「呃……我在煤窨的地板上找到一支備用鑰匙可以開門！」

阿柏塔姑媽瞇起眼睛。「真的嗎？」

「是……是啊。我偷偷上樓，跑去看勞斯萊斯車到底撞成什麼樣子。我以為妳還在睡覺，所以不想吵醒妳。」

「嗯……」那女的喃喃說道。「說得跟真的一樣！後來我有聽到妳說茶被下毒了。我就想搞清楚妳究竟知道多少，於是我緊靠著門，想聽清楚一點，結果靠得太用力了，門突然開了。」

「對，我記得門突然開了！」女孩大聲說道。她想起來了，難怪阿柏塔會刻意偽裝成探員。

「沒錯，孩子，我差點就被妳發現。等妳關上門之後，我又繼續偷聽，聽見妳要去打電話給警察。真是調皮！姑媽很不喜歡這麼調皮的小孩哦，一點也不喜歡。」那女的故意裝出很不贊同的語氣，臉上露出很假的笑容。「於是我想到一個很天才的計畫。」

「所以妳把電話線切斷？」史黛拉問道。「難怪我總覺得我沒聽到撥號音。」

「沒錯。我在房間拿起電話，假裝是接線生，又假裝是警察。我穿的這套西裝是我在妳爸爸衣櫥後面找到的，反正他現在也不需要了。**哈哈！**」

「卑鄙！」

「我知道啊！我選『史特勞斯』*這個名字是因為他是我第二喜歡的德國作曲家。這鬍子是用貓頭鷹的羽毛修剪成的，再用墨水上色，然後用黏膠黏上去。至於這假髮，是我把要拿來餵瓦格納的老鼠皮剝下來，再用剪刀修一修，別在我頭上。」阿柏塔說完，就把那玩意兒從頭頂上撕下來，露出原來的一頭紅髮。史黛拉看到那坨噁心的男用假髮時，簡直嚇壞了，尤其發現那隻老

＊小約翰·史特勞斯（Johann Strauss）是有名的德國作曲家，《藍色多瑙河》是他的作品。千萬不要把他跟約翰娜·史特勞斯（Johanna Strauss）搞混，後者從來沒作過曲，但製作出很棒的牛奶軟糖。

鼠的尾巴都還在上面。「最後我要做的只是把邊車從摩托車上拆下來。然後妳就被我騙得團團轉了，我很聰明吧？」

阿柏塔看起來格外得意，沾沾自喜的很。

「沒有！」史黛拉回答。

那女的瞇起眼睛。「沒有是什麼意思？」

「姑媽，妳沒那麼聰明。妳露出馬腳了，不小心洩漏了詭計，妳用了花房裡的一種致命性植物，把它的種籽磨成粉，倒進我們那天早上喝的茶水裡，害我們出車禍。」

「這是很完美的計畫啊。毒死每個人，再歸咎給車禍。」阿柏塔姑媽語調輕鬆地說道，接著語氣突然一沉。「只是那時我以為妳也死了，沒想到竟僥倖沒死，壞了我的計畫。」

「我就覺得那個茶的味道怪怪的。」女孩大聲說道，「所以我把茶偷偷倒進盆栽裡了。」

「難怪我的秋海棠會死掉。」阿柏塔喃喃自語。「反正我讀過妳爸的遺囑，知道我必須留妳活口，留到妳簽名把房子的全有權過戶給我為止。我真不敢相信我那白癡弟弟竟然會在遺囑上寫，如果妳死了，薩克斯比大宅就得出售，款項全數捐給窮人。那些鄉巴佬髒兮兮的，誰管他們的死活啊？」

女孩瞪著她姑媽。「姑媽，妳最好記住，妳不可能得逞的！」

「哦，是嗎？」阿柏塔輕聲笑道。

「是的，因為我永遠不會把房子簽名過戶給妳。絕對不會，永遠不會！」史黛拉大聲說道。「隨便妳要怎麼處置我，但薩克斯比大宅絕對不會給妳！」

阿柏塔開始奸笑，彷彿這整件事對她來說就是一場好玩的遊戲。「那這樣吧，孩子，我讓妳見識一下貓頭鷹拉肢刑具的厲害吧……」

30 貓頭鷹拉肢刑具

貓頭鷹拉肢刑具是阿柏塔姑媽特別設計的一種刑具，是瓦格納參加貓頭鷹年度博覽會之前就先打造好的東西。貓頭鷹年度博覽會簡稱ＯＡＦ，它是貓頭鷹的選美盛會，相當於狗界的克魯夫茲狗展（Crufts）。

競賽項目很多：

- 最柔軟的羽毛
- 最亮的鳥喙
- 最能扭的脖子
- 最高的貓頭鷹
- 最長的翅幅
- 最吵的咕咕嚕嚕聲
- 最大顆的貓頭鷹蛋

・最濃密的眉毛
・最扎人的鳥爪
・空中飛行技術
・一分鐘吞下最多囓齒動物
・最香的貓頭鷹屎

阿柏塔不愧是阿柏塔，她想要每個項目都得到第一名，這裡頭當然也包括「最高的貓頭鷹」這一項。而這就跟玩挑圓片遊戲一樣，哪怕得靠作弊才能贏，她也不在乎。她從《貓頭鷹和貓頭鷹術》這本雜誌裡得知，在瑞典有一位知名的貓頭鷹飼養員叫做怪蒙怪蒙，他養了一隻叫馬格努斯的挪威貓頭鷹。他一天要餵牠吃一頓的醃鯡魚，結果把牠養成了身高四英尺多的貓頭鷹。

但瓦格納就算連爪尖一起算進來，頂多只有三英尺十一寸，所以根本沒機會贏得這個項目。

於是阿柏塔又開始想使壞，自行想像出貓頭鷹拉肢刑具，然後著手製造。這個增高器具非常簡單。

要操作它只有三個步驟：

(1) 先在你的貓頭鷹拉肢刑具上固定住貓頭鷹的翅膀和腳。

(2) 然後轉動手把。

(3) 再轉動手把。

瓦格納第一次被上刑的時候，哀嚎到全屋子都聽得到。被死命拉長的那種痛是難以忍受的，對牠來說，能不能得到「身高最高的貓頭鷹」獎根本不重要，但對牠的女主人來說很重要，於是牠別無選擇。

而碰巧在身高競賽項目裡的對手馬格努斯，因每天都吃進一噸的醃鯡魚而變得胖到飛不起來，以致於他的主人怪蒙怪蒙得用滾的方式才能把牠滾進會場。可是ＯＡＦ的規定很嚴格，要求所有貓頭鷹都得用飛的進會場才行，因此判定

這隻胖貓頭鷹失去參賽資格。怪蒙怪蒙向裁判們申訴這個判決不公，並試圖證明馬格努斯確實能飛，於是用一尊加農炮將那隻過胖的貓頭鷹射出來，結果撞上裁判桌，壓死其中三個裁判。從此以後，怪蒙怪蒙就被禁賽，未來再也不能參加任何一場貓頭鷹比賽。[*1]

瓦格納就這樣抱走了「身高最高的貓頭鷹」獎，也把其它許多貓頭鷹小金人[*2]（statuettes）抱回家。

現在阿柏塔打算使用貓頭鷹拉肢刑具來對付她唯一的姪女。因為若是連這個奇特的裝置都無法令她屈服，簽名過戶薩克斯比大宅給她，那麼大概也沒別的辦法了。這個刑具一直擱在屋子最上

*1 後來怪蒙怪蒙改養企鵝，到目前為止，已經因為養出有史以來最胖的企鵝，成為世界記錄保持人，這隻企鵝叫阿妮塔（Agneta），重達六噸，相當於一頭非洲象的體重。

*2 或稱小金鳥（Owluette）。

面的小閣樓房間裡，那裡幾乎沒有什麼傢俱，只有一個空的舊衣櫥。連史黛拉都不知道大宅裡還有這樣一間閣樓。

來到閣樓裡的阿柏塔將史黛拉綁在刑具上。不管女孩怎麼踢腿或怎麼用手拉扯，一旦被固定在刑具上，便完全動彈不得。而從頭到尾，瓦格納都乖乖地棲在窗台上。再度看見刑具的牠有點不安地蠕動著兩隻腳。史黛拉望著牠後面的窗戶，發現窗外又有暴風雪在肆虐。

阿柏塔姑媽轉動著這個奇特裝置的手把，臉上表情跟著扭曲起來，一副很幸災樂禍的樣子，女孩瘦弱的手腳被兩頭力量同時拉扯。

「啊啊啊啊啊啊啊啊啊啊——！」

女孩尖叫。

「簽名！」阿柏塔要求道。

「不要！」史黛拉痛苦回答。

「簽名！」她姑媽再次轉動手把。

「啊啊啊啊啊啊啊啊啊啊——！」

瓦格納拿翅膀摀住眼睛。也許是因為牠看到小女孩很痛苦，也或許是令牠想起以前被綁在刑具上的慘痛經驗，所以不忍卒睹。

「好了，小鬼，我要把妳一個人留在這裡，沒有食物也沒有水。每次我一回來，就會再把手把轉得更緊……愈來愈緊……愈來愈緊，直到妳的手腳被拉斷為止。」

這個下場光用想的就很恐怖了。史黛拉雖然寧願留住手腳，但還是決定不露出任何一點懼色。

「小鬼，妳最後一定會投降的。」阿柏塔姑媽說道。

「不，我不會，我絕對不投降！」史黛拉大聲說道。

「哦，會的，妳會投降的。」她姑媽回答。「可能是今晚、明天、後天、大後天，或大大後天，反正一定會投降。沒多久，妳就會哀求我讓妳簽名過戶房子。薩克斯比大宅最後就是我的了，全都是我的了！」

「妳是怪物！」女孩大喊道。

但阿柏塔覺得這是對她的恭維。「怪物嗎？哦，謝謝妳。我不確定以前有沒有人這樣稱呼過我，這真是太誇獎我了。在我走之前，我再轉一點點好了。」

結果阿柏塔竟很大力地轉動手把。史黛拉的手腳差一點點要被拔斷。

「啊啊啊啊啊啊啊啊啊——！」她放聲尖叫。女孩從來沒有這麼痛過。她已經痛到全身痙攣，像被閃電打中一樣。

「再見囉！」阿柏塔咯咯笑道。「瓦格納來！」

貓頭鷹應聲飛到女主人的手臂上，相偕離開。女孩聽見後方的門被鎖上的聲音，接著是下樓的腳步聲。

「煤渣！」她嘶聲道。

男孩立刻從排煙管裡出來，表情沮喪。「小姐，對不起，偶很想幫妳，可素偶必須先躲起來。」

「煤渣，你做得很對。你先幫我鬆開這東西。」

煤渣趕緊跑到貓頭鷹拉肢刑具那裡，轉動手把。

「啊啊啊啊！」史黛拉尖叫。「轉錯方向了啦！」

「對不起！」煤渣說道，又趕緊朝另一個方向轉，幫女孩先鬆掉兩頭的拉力，接著笨拙地解開史黛拉手腳上的皮繩。最後她好不容易搖搖晃晃地站起來。

「小姐，偶跟妳嗖（說），妳看起來變高了。」鬼魂說道。

「哦，所以這算因禍得福囉！」史黛拉諷刺地說道。

「小姐，現在要做蝦米？」

史黛拉想了一會兒，原本布滿淚痕的臉上露出笑容。「我們現在開始反擊！」

31 褲子裡有螞蟻

史黛拉的想法很單純。她要起身應戰，把邪惡的女人趕出這個家。而且是永遠趕出去。阿柏塔已經害死了她的爸爸媽媽，接下來一定會不計一切代價地逼史黛拉簽下薩克斯比大宅的過戶文件，哪怕得動用私刑。

她和煤渣在閣樓裡開始動腦想可以怎麼整阿柏塔。他們的整人把戲一定要能把這女孩的姑媽嚇到一路尖叫地跑出薩克斯比大宅，落荒而逃為止。

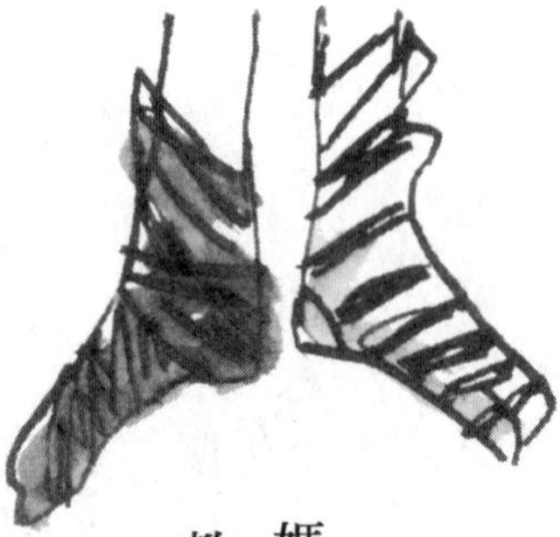

起初史黛拉很難想出任何瘋狂點子。畢竟她從小就在爸媽的保護下長大，住的是深宅大院，受的是女子貴族學校的教育。

「我們把她的每雙襪子都偷藏一隻起來！這樣等她早上穿襪子的時候，就會都找不到另一隻。」她大聲說道。

煤渣扮了個鬼臉。這男孩從來沒有一雙屬於他自己的襪子，所以用只剩單隻襪子的惡作劇方式來折磨阿柏塔，聽起來實在很瞎。

「小姐，偶不素要對妳沒禮貌，可素這把戲真的很瞎！」

史黛拉覺得沒面子。「那你說有什麼好點子？」

煤渣想了一下。在救濟院長大的他，早就學會強者生存的道理。待在救濟院的那幾年，他見多了男孩們用最卑劣的整人手段。「偶們把螞蟻放進她的褲子裡吧！」

「褲子裡放螞蟻？」女孩問道。

「沒錯，但這**祖素（只是）**開胃菜而已。」

史黛拉一臉驚愕，但想了一會兒後，整張臉的表情竟亮了起來。沒多久，她也開始能想出比煤渣更厲害的賤招了。

「用玻璃彈珠淹沒她！」

鬼魂想出一招更毒的。「把她的菸斗炸掉！」

過沒幾分鐘，他們就想出了一長串的整人清單：

• 把花園裡的螞蟻窩放進她的內褲抽屜裡。
• 用彈珠淹沒她的地毯，嬰兒室裡面有一大箱彈珠。
• 把她的菸草全倒掉，換上從爸爸書房的桌子抽屜裡找到的獵槍火藥。
• 把媽媽浴室裡最會起泡泡的泡泡浴劑拿去混在那女的牙膏裡。
• 把她的香皂切開，再把廚房裡找到的黑靴亮光蠟塞進裡面。
• 去車庫的勞斯萊斯車那裡拿一塊破掉的擋風玻璃上下來，再放進她的馬桶，這樣一來，每次小便，尿就會彈回她的屁股。

這兩人很是起勁地想出一堆整人把戲，不斷往清單上加，就算快到天亮也不累。但沒那麼多時間再繼續想下去，得立刻著手行動。他們聽見阿柏塔姑媽正在樓下的臥室裡打呼，所以知道至少目前是安全的。

閣樓裡的小壁爐是他們的逃生通道，雖然裡面空間很小，可是一旦鑽進去，就可以在薩克斯比大宅裡四通八達的排煙管和輸煤管網路裡暢行無阻，任由他們橫行整棟屋子。於是史黛拉跟著煤渣爬進閣樓的排煙管，大小剛好只夠塞進她的身體。

那一整個晚上，他們在排煙管和輸煤管裡爬上爬下，把那些用來整姑媽的道具全收集齊全。

阿柏塔睡著了，她那隻心愛的貓頭鷹也睡在她旁邊的被子底下，於是他們趁機把彈珠灑在房間的地毯上。但這時史黛拉注意到窗簾後面開始透光——天快破曉了，兩人趕緊躲進阿柏塔臥房的壁爐裡，從排煙管爬回閣樓。然後煤渣再把史黛拉重新綁回貓頭鷹拉肢刑具上，這樣一來，阿柏塔姑媽就會以為她的姪女一個晚上都沒離開過這裡。

樓下的落地鐘敲了六下，叫醒了阿柏塔姑媽。

噹噹噹噹噹噹！

好戲就要上場！

32 「我的屁股！我的屁股！」

阿柏塔姑媽坐在床上，輕輕啄了一下跟她穿著同款條紋睡衣的瓦格納。時間又到了，她該回到貓頭鷹拉肢刑具那裡，再好好教訓她姪女一次。

起初阿柏塔只是要下床站起來，但是她的腳不像平常一樣踩到地毯，反而是還沒碰到地，就先踩到一堆彈珠。小玻璃球被她的重量壓得到處滾動，然後——

阿柏塔飛到空中，掉下來，屁股著地。

「唉喲！」她大叫，同時從地上抓起一把彈珠。「彈珠怎麼會跑到這裡來？」

阿柏塔好幾次想站起來，但又跌下去。不管要走哪個方向，都有成千上百顆的小玻璃球害她翻倒在地。她只能手腳並用地爬進浴室，坐上馬桶，暢快小解，但這種暢快的感覺才不過半秒，便察覺到尿噴了回來！害她的屁股都溼了。她忙不迭地從馬桶上跳起來，根本來不及把還吊在膝蓋上的睡褲拉上來，嘴裡大喊著：

「不！！！！」

阿柏塔深吸一口氣，想鎮定下來，然後低頭打量馬桶裡面。但不管她怎麼看，都看不出破綻——他們放的玻璃剛好完美卡在馬桶水的上方。於是她又坐下去尿了一次。

「不！！！！」她放聲大叫，因為她的尿又彈回來射中她的屁股。

很想尿尿的她，只能先暫時放棄馬桶，走到洗臉檯想洗把臉。她打開水龍頭，在水柱底下沾溼肥皂，再閉上眼睛，把肥皂抹在臉上，以為可以好好洗一洗。沒想到更令她驚愕的事情發生了。她睜開眼睛，看見鏡子裡有一個她完全不認識的人回瞪著她。事實上，那是她自己的臉，只是全被抹黑了。

「不不不不——不——不——！！」她驚恐大叫。

不管她再塗上多少的肥皂，情況只是更糟。現在就連她的手和脖子也都變黑了。阿柏塔把肥皂放進嘴裡嚐了一下。

「好噁哦，是靴子亮光皂！」

她在鏡子裡檢查那根被染黑的舌頭，想把它刷乾淨，於是去拿牙刷和牙膏，擠了一點她最喜歡的薄荷口味牙膏在牙刷上。只不過她現在變得有點多疑，在把牙刷放進嘴裡之前，還先聞了聞牙膏的味道，還好聞起來就是薄荷味。她才開始拿牙刷刷她舌頭。

但這一刷，被混進牙膏裡的泡泡浴劑開始變出泡沫。她刷得愈用力，泡泡就變得愈多，沒多久，整間浴室都是泡泡。

「是誰在整人啊！」她大吼道。閣樓上的史黛拉和煤渣聽得到那女的一次又一次的慘叫聲，每聽到一次，就爆笑一次，而且笑得一次比一次大聲。

阿柏塔回到臥室，先往地上丟了一張毛毯蓋住彈珠，才好讓自己走到抽屜櫃那裡。她決心弄個水落石出，於是快手快腳地穿上衣服。她先穿上大到像兒童帳篷的內褲。但才穿上，就覺得癢。這種癢的感覺愈來愈嚴重，感覺像火燒屁股一樣。

「我的屁股！我的屁股！」她放聲大叫，跳上跳下，在房裡發了瘋似地跑來跑去，

活像在自創可笑的新舞步。瓦格納這時就坐在床上看她表演。這隻貓頭鷹這輩子見識過女主人做過千奇百怪的事，但都沒有這一次離譜。

是她內褲裡的螞蟻在施展魔法。

這女的一路扭來扭去地走到搖椅那裡，伸手去拿菸斗。菸草向來是她最好的安撫劑。她把煙嘴放進嘴裡，再把點好的火柴伸向斗缽。只是這次斗缽裡頭裝的不是菸草，而是火藥。

33 貓捉老鼠的遊戲

說阿柏塔很不高興，尚不足以形容她的憤怒。她真的**很生氣**。她的臉被靴子亮光劑抹得烏漆嘛黑、嘴裡滿是泡泡、一頭紅髮被炸到還在嘶嘶作響、再加上內褲裡蠕動的螞蟻，她火大地衝上閣樓。

阿柏塔知道她姪女一定參了一腳。

她霍地衝進門，想當場活逮那女孩。但出乎意外的是，史黛拉竟仍躺在阿柏塔原先安置她的地方，被綁在貓頭鷹拉肢刑具上。

女孩一看到她姑媽那副嚇人的模樣，不僅衣衫不整，還發了瘋似地扭來動去，就忍不住笑出聲。

「這很好笑，是嗎？」阿柏塔問道，但並沒打算聽她的答案。

「不，這不只好笑，」女孩回答。**「根本是爆笑！」**說完，史黛拉就忍不住放聲大笑。

「哈哈哈哈哈！」

「搞不好妳會覺得這更爆笑！」那女的說道，同時轉動刑具上的手把。

「啊——！」女孩尖叫。

「我怎麼沒看到妳在笑了！」

「有啊，」女孩忍痛說道，「還是很好笑啊！」

氣到冒煙的阿柏塔再次轉動把手，史黛拉的手腳被拉得快斷了。

真可惜剛剛那些整人把戲並沒有用。阿柏塔並沒有尖叫地逃離薩克斯比大宅，反而怒不可遏地把氣出在她身上。「我知道妳一定有份。但怎麼辦到的？是我親手把妳綁在刑具上，門也是從外面上鎖的，根本逃不掉啊。」

「我不知道妳在說什麼。」女孩抵死不承認。

「妳**絕對**知道我在說什麼，」阿柏塔姑媽得意地獰笑，並朝她姪女的臉彎下腰去，直盯著她的眼睛。「我知道妳在說謊。」

阿柏塔繞著閣樓轉來轉去，尋找線索。她先探看小窗戶的外面，查看有沒有誰用指尖勾住窗台，懸在半空中。然後又躡手躡腳地走到閣樓角落的橡木櫥櫃前霍地打開櫥櫃門，卻沒活逮到任何人。阿柏塔失望透頂，偷瞄了她姪女一眼。史黛拉不由自主地望了望壁爐。完了！她露餡了。那裡正是煤渣所在的地方，他就站在那兒旁觀這場貓捉老鼠的遊戲。

「所以……」那女的嘶聲說道。「我說得沒錯，線索在排煙管裡。」

「我不知道妳在說什麼。」女孩脫口而出。

「小鬼，妳是個很可惡的騙子。」

「不，我不可惡！」史黛拉抗議道，但突然不確定她的回答是不是有問題，她否認自己可惡，所以她是個不可惡的騙子囉？

「昨天妳也是往廚房的壁爐看，」阿柏塔繼續說道。「我就知道那裡一定有問題。」

那女的偷偷走向壁爐。隱形的煤渣趕緊讓開。但就在她手腳並用地跪在地上，抬頭查看排煙管時，鬼魂突然靈光一現。

他趕忙衝向櫥櫃，鑽到後面，再用盡全身力氣把它往阿柏塔姑媽的方向推。櫥櫃的木腳在地板上嘎吱作響，那女的抬頭查探，但來不及了，煤渣已經把櫥櫃推倒，它砰地一聲巨響，撞上地板，把她壓在底下。

「讓我出來！快讓我出來！」櫃子裡傳來憤怒的吼聲。

「做得太好了！煤渣！」女孩大聲說道。

「小姐，謝謝誇獎。」

「現在快放開我！」

阿柏塔姑媽在櫃子底下不停亂扒，櫃子跟著移來動去。鬼魂趕忙解開史黛拉手腳上的繩索，救她下來。

「瓦格納！瓦格納！」

那女的大聲吼叫，但這時他們兩個已經跑下樓。他們跑到樓梯井那裡，趕緊低下身子，大貓頭鷹正巧從他們頭上呼嘯而過，飛上閣樓。

等他們跑到樓下時，史黛拉差點撞上吉伯。這位管家正在跟一株盆栽握手，嘴裡喃喃說著：「上校，一定要再回來住哦。」

「小姐，現在怎麼辦？」煤渣問道。

「去車庫，」女孩回答。

「我有個點子。」

34 駕駛課

「可素妳不會開車！」煤渣抗議道。車庫裡的他們正站在那台被撞爛的勞斯萊斯車的旁邊。

「是不太會。」史黛拉承認道。「但這是我唯一的脫逃機會。我不能再待下去，再待下去的話，她一定又會把我綁回貓頭鷹拉肢刑具上，直到我的手腳被拉斷為止。」

「**偶諸道**（**知道**），可素……」

「沒有可是了，聽我說，只要我開得夠快，就可以撞開大門，衝到最近的村落那裡。」

「太危險了！」鬼魂沒被說服。他最不願看見的就是他的朋友為了逃走而送命。

「我看過很多次我爸怎麼開車。能有多難呢？」

史黛拉是個很頑固的小女孩，她當場打開那台撞爛的家庭房車勞斯萊斯的車門，跳了進去。

「妳目珠有沒有在看啊！妳連踏板都踩不到！」鬼魂說道。

「呃，什麼目珠？」史黛拉大聲問道。

「目珠……目珠就素眼睛啦！」煤渣聳聳肩。

史黛拉無奈地搖搖頭，再低頭看看自己的腳，真的是懸空掛在黑色皮製駕駛座的下面。

「踏板要做什麼？」她天真地問道。

「吼，偶受不了了！」他大聲說道，「只有女生才會這樣問。」

史黛拉很不滿意他的評語。「你只是個掃煙囪的，怎麼知道怎麼開車？我敢打賭，你根本連車子都沒坐過，更何況是勞斯萊斯車！」

這話不假。煤渣在世時，只有很有錢的人才有汽車可以開。

「偶素不會開，但偶知道它素怎麼**應奏（運作）**的。」

「真的假的？所以怎麼運作？」史黛拉快要沒耐心了。

「偶素男生，」他推論道，「所有男生都諸道。」

這句話惹惱了史黛拉。身為女生的她很清楚一件事，那就是女生在各方面都比男生優秀許多。

「哦，是嗎？」她的語調變得嘲諷。她絕對不把機會讓給煤渣，才不要因為他是個愚蠢的男生，就把享受開車的機會讓給他。「如果你對汽車很熟，那你可以幫我上第一堂駕駛課啊！」

鬼魂一點都不覺得這是個好主意。「可素小姐……」他抗議道。

「沒時間再討論了。現在就給我上車！」

煤渣只能聽命上車，爬進勞斯萊斯車。

「你可以負責壓踏板！」女孩命令道，「把它們天知道的什麼功能全發揮出來。」

鬼魂只好把自己塞進車裡的擱腳處，就在女孩那兩隻懸空的腳底下。

「好了，所以妳諸道妳要做什麼嗎？」煤渣問道。

「嗯，我知道我要抓住這個又大又圓的東西。」

「它叫方向盤！這下完了，妳會害偶們兩個死翹翹。」

「煤渣，我不是有意冒犯你，但你早就死了。」

「偶承認偶說錯了。」煤渣回答。「好啦，首先妳要用鑰匙點火。」

女孩照做，煤渣則用手按下油門踏板，引擎跟著發出怒吼。

「發動了欸！」史黛拉大聲說道，「我就知道老勞斯萊斯不會讓我失望。」

「現在有看到妳左手邊那個長長的東西嗎？」煤渣問道。

史黛拉把手擱上去。「有。」

「那素排檔桿。偶等下說推的時候，妳就往前推，再往左推哦。」

煤渣的其中一隻手仍壓著油門踏板，另一隻手移向離合器踏板。

「推！」

他大喊。

車子往前晃了一下。

「煤渣？」

「啥代誌（什麼事）？」

「我們忘了開車庫門。」

「抓緊哦！」煤渣大聲說道，同時盡可能大力地往油門踏板壓下去，引擎隨即發出怒吼，勞斯萊斯車加速衝了出去。

它衝破車庫門，木屑朝四面八方飛濺，勞斯萊斯車開進結冰的車道，冰冷的空氣自破裂的擋風玻璃灌了進來，吹得女孩淚水都流了出來。

這台出過車禍的老舊汽車受損嚴重，前輪早就歪掉，其中一個後輪也爆掉。所以這輛車很難操控，哪怕是賽車手來開，也不容易，但還好仍行駛在車道上，往那兩扇大鐵門衝過去——奔向自由。引擎依舊咆哮，煤渣大喊：「換檔！」

史黛拉手忙腳亂地扳動排檔，突然間，車身晃動了一下，停了下來，然後竟突然倒車，衝回大宅。

「弄反了！」鬼魂大叫，趕緊把手壓在煞車上，車子原地轉了好幾圈，最後車身一陣抖動，停住了。

「再推到一檔，往左上方推。」

女孩小心照著指示。

現在勞斯萊斯車平穩前進。四周都是白雪，所以很難判斷車道的盡頭在哪裡，又是從哪裡接壤草地。她好不容易閃過幾棵樹，及時避開阿柏塔姑媽親手砌的那尊巨大的貓頭鷹雪人，接著視線裡就出現了兩扇高大的鐵門。

「鐵門愈來愈近了。」她興奮地喊道。

就在這時，他們聽見震耳欲聾的摩托車引擎聲，阿柏塔姑媽用邊車載著瓦格納朝他們衝來。

阿柏塔和她的貓頭鷹戴著同款的皮製飛行盔和護目鏡。

「是我姑媽！」史黛拉大聲說道。「她就在我們後面！」

煤渣的手往油門猛力一按。

「抓緊了！」鬼魂說道。「偶們要全力加速，才能撞開大門。」

史黛拉回頭看。「他們快追上我們了！」她喊道。

「那就直接換到**素檔**

（四檔），給它衝啦！」煤渣大喊，聲量蓋過吵雜的引擎聲。

女孩猛拉排檔，嘎吱一聲，順利換到四檔，勞斯萊斯車的車速愈來愈快。再過不到幾秒，就要撞上大鐵門了。

「準備要撞上去囉！」史黛拉喊道，她閉上眼睛，勞斯萊斯車迎面撞上去……

匡乓！

一陣天搖地動，
然後突然停了。
「偶的老天！」
「完了！」史黛
拉倒吸口氣說道。

35 結冰的湖

勞斯萊斯車的車尾在巨大的撞擊下被甩到空中，再砰地一聲巨響落地。車子仍停在結冰的車道上，大門沒有被撞開。看來要撞開薩克斯比大宅的大鐵門，恐怕得開一台坦克過來才辦得到。

阿柏塔就在他們後方不遠處把摩托車停了下來，她拉起護目鏡，得意地打量眼前的景象。

「小姐，沒事吧？」煤渣從車裡的踏腳處抬頭問道。

史黛拉仍坐在駕駛座上，她的頭剛撞到方向盤，現在眼前都是滿天星。「沒事，我只是頭有點暈。」

跨坐在摩托車上的阿柏塔看上去得意極了。「小姑娘，看來這是妳最後的終點了。」她大聲說道。「該讓妳回屋裡去簽名，把薩克斯比大宅的權狀過戶過我，這樣才是乖女孩！」

史黛拉低聲對煤渣說：「我們不能就這樣放棄，一定還有什麼方法可以逃出去。勞斯萊斯車還能動嗎？」

「只有一個方法可以知道，」他回答。「打到倒車檔。」

女孩照做，車子開始搖搖晃晃地往後退。強大的撞擊力將勞斯萊斯車的前半段撞得比之前還要稀巴爛，車頭的網柵卡在大門上，但引擎還在乾咳，不時發出劈啪聲響。

阿柏塔發現她姪女的戰鬥力仍然頑強，笑容瞬間被怒容取代。

「一檔！」煤渣大聲喊道。史黛拉趕緊換成一檔，勞斯萊斯車猛地後退，阿柏塔趕忙追上去。

嗡嗡嗡嗡嗡嗡嗡嗡！

勞斯萊斯車加快車速橫過薩克斯比大宅的大庭園，摩托車緊跟在後。地面上的積雪被兩輛機動車快速轉動的輪胎拋飛空中。史黛拉試著左右扭動方向盤，想把地上雪塊甩飛到後面阿柏塔姑媽追來的路上，但沒多大幫助，還是阻

擋不了那個壞女人的近逼。阿柏塔的摩托車輪胎有裝某種特製的雪釘，可以防止在雪地上打滑。

「把她攔下來！」

阿柏塔姑媽下令。瓦格納立刻從邊車上爬出來，跳上女主人的肩膀。在那當下，這組合看起來活像是摩托車花式表演，但沒一會兒，瓦格納就振翅飛了上去。

大巴伐利亞山貓頭鷹的飛行時速最快可高達一百英里。瓦格納一飛沖天。史黛拉趁汽車加速時抬頭張望車窗外，想知道貓頭鷹飛到哪兒去了。這時瓦格納卻突然砰地一

聲落在勞斯萊斯車的引擎蓋上，大腳壓凹了金屬板。牠直直瞪著史黛拉，寬闊的胸膛硬是擋住了檔風玻璃前面的視線。

「我看不到前面的路了。」女孩喊道。

「抓緊方向盤！我來壓煞車！」煤渣回答。

但他們開得太快了，根本煞不住車子，反而原地打滑，不停旋轉。

在車頭被轉得搖來晃去的瓦格納，又振翅飛回天空。史黛拉的視線突然豁然大開，卻驚見車子正不受控地一路打轉地朝草地盡頭的結冰湖面衝過去。

「快煞車！」

她放聲尖叫。

煤渣趕緊把兩隻手猛按在煞車踏板上，而且使勁猛力地按。「偶有煞車啊！」他喊道。

破爛的勞斯萊斯車不斷急速打滑，朝冰面衝過去，那一瞬間，時間似乎定格了，但也似乎更加快速度。車子一路衝到湖面中央，才終於停止打滑，引擎噗地一聲完全熄掉。史黛拉拚命想再重新發動引擎，但這台可靠的勞斯萊斯車

終究徹底死了。

阿柏塔把摩托車停在湖邊，關掉引擎。瓦格納飛了回去，停在她的皮手套上。寂靜像響雷一樣瞬間襲來。那當下，一切突然變得平靜祥和，接著開始出現龜裂聲。

劈啪劈啪——

一開始很小聲，後來愈來愈大聲，而且是此起彼落地倍數增加到成千個龜裂聲。

劈啪劈啪劈啪
劈啪劈啪劈啪劈
啪劈啪劈啪劈啪
劈啪——

史黛拉望向車窗外。湖面上那一大片本來完整的冰面，竟在他們的車子底下裂成花紋狀的雜亂線條。沉重的車體因下面的冰塊被它壓到快要破了，漸漸地往一邊傾斜。

「救命啊！」女孩放聲尖叫，冰冷的湖水已經開始漫進車內。

煤渣從擱腳處爬出來。「小姐，現在很危險，」他喊道。「妳必須自救。」

但等冰冷的湖水漫上她的腳、淹到膝蓋、甚至腰部以下全沒入水中時，史黛拉早已害怕到全身僵硬。她雖然想逃，但是她動不了，沒多久，她就變得眼神呆滯了，她只能想像自己的軀體在冰塊下面載浮載沉。

「小姐！」鬼魂大喊。「妳快爬到車頂！」

凍到不停發抖的史黛拉勉強爬出車外，攀上車頂。但光著腳的她不斷滑倒，往下溜，差點跌進冰冷的湖裡。她看見她姑媽站在安全的岸邊對著她大笑。

「煤渣，我好害怕，我不想死。」女孩說道。

「偶也不想要妳死。」鬼魂回答。

「那你呢？」她問道。

「別擔心偶，小姐，必須救妳自己。」

「小鬼，我又贏了！準備要在那張該死的權狀上面簽名過戶了嗎？」那個壞女人大聲吼道，低沉的嗓音響徹冰面。

破爛的勞斯萊斯車正以驚人的速度下沉，現在只剩幾英寸就要被完全淹沒。四面八方的冰面正碎裂得更小片，史黛拉根本沒有辦法從上面跑到岸邊。就算試圖潛水過去，水溫也低到她馬上就會凍死。

「妳必須照她的話做。」煤渣說道。鬼魂正跟著車子快速沒入水中，不到幾秒鐘，就只剩下那顆探在車窗外面的頭顱。冰冷的湖水淹過他的身體。他的魂幾乎快要在水裡化為泡沫。

「這素妳唯一的辦法！」

還在車頂上滑來溜去的史黛拉，現在膝蓋以下全沒在冰冷的水裡。

「怎麼樣，史黛拉？」阿柏塔大聲喊道。「妳決定了嗎？」

「我願意簽名過戶！」史黛拉喊了回去。

「也答應得太爽快了吧？」她的姑媽自言自語道。「瓦格納！去把她給我帶回來！」

大鳥從她手上再度起飛，朝冰面俯衝而去。就在史黛拉的胸口快被冰冷的湖水吞沒時，貓頭鷹的爪子一把抓住她的肩膀，提了上來，不一會兒功夫，便翱翔在寒冽的晨空裡。

「小姐，要小心哦！」鬼魂喊道。女孩回頭望見煤渣和曾經富麗堂皇的勞斯萊斯車沒入湖裡，消失不見，視線裡只剩鬼魂那頂小小的帽子仍浮在水上。

「不——！」

女孩哭喊。

瓦格納把傷心的女孩丟在岸邊女主人的腳下。全身發冷、衣著凌亂、傷心欲絕的史黛拉躺在地上。

再反抗下去也沒意義了。她沒力氣了。阿柏塔姑媽贏了。壞女人低頭看著那穿著溼透的睡衣、全身顫抖、臉上布滿淚水的女孩，暗自竊喜。

「我就知道妳會回心轉意，照我的意思做。」

36 一切搞定

阿柏塔姑媽在終於得逞，讓她姪女乖乖聽話之後，突然變得對她姪女好的不得了。她在薩克斯比大宅的起居室裡拿了一條溫暖的大毛毯幫女孩包起來，還讓她坐在壁爐前那張舒服的沙發上。

「好了，我的小姐，」這女的說道，同時遞給史黛拉一大杯熱湯。「我們得先幫妳暖暖身子，再來搞定權狀簽名過戶的事。」

女孩心裡雖然很清楚絕不能把薩克斯比大宅的權狀簽名過戶給她的壞姑媽，但她的心已經徹底碎了。過去這幾天來，她日夜飽受驚嚇，軀體和靈魂早被壓垮。她父母雙亡，煤渣被困在冰冷的湖底，覺得自己對這人生再無眷戀。要是她現在簽了名，也許這一切夢魘就會結束。

「我來幫妳拿支筆吧。」那女的笑容滿面地說道。

史黛拉木然地瞪看著爐火，啜飲著手裡的熱湯。

阿柏塔姑媽拿著文件和一支用大貓頭鷹身上的羽毛製成的羽毛筆走過來，坐在她姪女旁邊的沙發上。

「不必那麼麻煩把它全讀一遍，真的不用！內容太無聊了！」她咯咯笑道。「只要把妳的名字簽在最下面這裡，來，妳最乖了。」

史黛拉伸手接過羽毛筆，但她的手因受凍過久還在發抖，沒辦法好好握住筆。

「我親愛的孩子，讓ㄍㄨˇㄍㄨˇ幫妳握著筆吧。」於是那女的用手握住她姪女的手，再慢慢把羽毛筆移向那張紙。「我來幫妳把這搞定哦。」她又說道。然後她用一隻手

穩住女孩的手，不讓它發抖，另一隻手移動著那張紙，直到史黛拉在權狀底下簽好名。

薩克斯比大宅終於是她的了。

阿柏塔姑媽喜極而泣。這是史黛拉第一次看見這女的這麼感性。只見阿柏塔蹦蹦跳跳地在起居室裡轉，還衝到正待在棲木上的瓦格納那裡，在牠的鳥喙上胡亂地親來親去，接著開始跳舞，嘴裡唱著自己胡編出來、為她歌功頌德的歌。

「我最棒，薩克斯比夫人……」但才唱了第一句，就停下來，顯然阿柏塔想不到要用什麼字來跟薩克斯比押韻*。

「小鬼，妳知道我要怎麼處理這地方嗎？」

「阿柏塔姑媽，我不知道。」女孩回答，然後又用嘲諷

*平心而論，押韻對這女的來說，真的太難了。

的語氣繼續說道。「不過我相信妳會告訴我。」

「沒錯，我會。」那女的說道。「我明天早上的第一件事，就是把這個地方燒掉！」

37 燒光光

在偌大的起居室裡，就坐在她姑媽正對面的史黛拉簡直不敢相信她聽到的消息。她的家族幾百年來都住在薩克斯比大宅裡。「燒掉它？**妳不能這麼做！**」

「哦，我可以！」阿柏塔回答道。「小鬼，我想怎麼處理都可以，它現在是我的了。它要被燒光光。等它成了一堆廢墟，我就要開始建造這世上最大一座貓頭鷹博物館。」

史黛拉想了一下，然後問她：「這世上還有其它座貓頭鷹博物館嗎？」

「沒有，所以它會是全世界最大的啊！」

史黛拉完全不懂她姑媽的邏輯，但反正她也阻止不了這女的。阿柏塔從附近的架子上抽出一大捲藍圖，然後很驕傲地打開來，秀給她姪女看。「我已經籌劃這件事好多年了……阿柏塔夫人的貓頭鷹館。」

藍圖裡是一棟形似貓頭鷹的巨大水泥建築，裡頭有很多房間，包括：

• 貓頭鷹電影館：這是用來放映跟貓頭鷹有關的影片，只不過到目前為止，還沒有人拍過這類影片。

• 貓頭鷹咖啡館：有販售完全用貓頭鷹排泄物製作的點心。譬如貓頭鷹排泄物煎餅、用貓頭鷹排泄物麵團做成的貓頭鷹排泄物吐司、貓頭鷹排泄物松露巧克力（這很適合用來送給一位你很不想有瓜葛的年長親戚。）

- 大型圖書館：這裡會收藏這些年來跟貓頭鷹有關的所有著作，總共只有七本。
- 一家貓頭鷹美容沙龍。
- 三種廁所：男士專用、女士專用和貓頭鷹專用。

- 一座演講廳：阿柏塔姑媽會在那裡發表長達四小時的演說，主題是貓頭鷹的歷史。
- 一家禮品店：專門販售貓頭鷹書籤，貓頭鷹頂針、文具組、陶塑雕像、鑰匙環和一些酒。再加一整套貓頭鷹咕咕嚕嚕叫的唱片。

• 一間沒有貓頭鷹的房間：這是專門設計給對貓頭鷹完全沒興趣的訪客使用。不過裡面應該還是會有一隻貓頭鷹。

「我的貓頭鷹館會幫我發大財！」那女的正式宣布後，便開始滔滔不絕。「將會有來自全球各地數百萬的貓頭鷹愛好者……」

數百萬？史黛拉心裡不免懷疑，因為她很確定阿柏塔姑媽是官方貓頭鷹粉絲社裡唯一完全付清會費的會員。

「遊客會從這裡進來，」那女的說道，同時指著藍圖上的入口。「到時那裡會佇立著一尊我本人的純金雕像歡迎他們。」

「妳真的瘋了。」

「嘴真甜！老是讚美我！」姑媽微笑以對。「只要走進博物館，就可以飽覽來自全球各地五花八門的貓頭鷹品種，全都是標本。」

「標本？」女孩問道。瓦格納一聽到這兩個字，耳朵豎了起來。

「是啊，孩子，標本。貓頭鷹做成標準之後，才會比較守規矩啊。然後我要在貓頭鷹館的正中央，擺一個超大的玻璃櫃，裡面放的是我最愛的瓦格納。」

那隻大鳥開始嘎嘎大叫，在棲木上搖來動去。

「那將是人工飼養史上前所未見體型最大的大巴伐利亞山貓頭鷹，被做成標本，放在玻璃櫃裡，永世流傳。」

史黛拉不由得注意到那隻鳥對阿柏塔口中的計畫反應有多大，活像牠聽得懂她說的每一個字。於

是她故意追問她姑媽：「所以我想妳是要等瓦格納自然死亡之後吧？」

「哦，不！」那女的回答。「到時牠就太老了，羽毛都灰白了，所以當然不行。我明天一早第一件事就是把牠射殺了，趁牠正值盛年的時候做成標本。」

瓦格納此刻開始狂亂地繞著房間飛竄，像瘋了似地嘎嘎大叫。阿柏塔把注意力轉回到貓頭鷹館藍圖上，史黛拉覺得機不可失，心想或許可以趁她分心之際，先偷偷溜出去，於是躡手躡腳地想走出起居室。

但就在她快到門口時，阿柏塔厲聲質問：「妳要去哪裡？」

「我……呃……嗯……」膽顫心驚的史黛拉試圖表現出漫不經心的樣子。「呃……我……我只是想上樓大號，再很快地洗個澡，也許把這身睡衣換掉，再想想看怎麼搬家。」

「小鬼，妳哪兒也不准去。」阿柏塔姑媽回答道，聲音突然變得冷峻。

女孩注視著她姑媽那雙黑色的眼睛。「不……不行嗎？」她結結巴巴。

「哦，不行。」妳知道太多內情，所以我正在安排另一場小意外，是為妳特別準備的哦。」

「意、意外？」

「對啊！」阿柏塔姑媽得意地笑著。「而且是一場妳絕對不可能死裡逃生的意外！」

38 完美的謀殺案

邪惡的姑媽已經為她年幼的姪女精心策畫出一個完美的悲慘結局。「天網恢恢，妳逃不掉的。」史黛拉哭喊道。

「哦，孩子，我可以的。」阿柏塔姑媽輕聲回答。「這會是場完美的謀殺，因為凶器會自然溶化。」

「溶化？」史黛拉一頭霧水。「妳到底在說什麼？」

「跟我來，我秀給妳看。」

那女的一把抓住女孩的手，帶她出起居室，走到被那片被白雪覆蓋、綿長的草坡上。草坡盡頭立著阿柏塔姑媽的雪雕作品，在地上投射出巨大的黑影。

「我的貓頭鷹雪人！」那女的很驕傲地宣布。「它終於完成了。很美，對吧？」

「妳為什麼要秀……秀……秀這個給我看？」女孩問道，她冷到不停打顫。

「因為再過一會兒，這個貓頭鷹雪人就會倒下來砸死妳。我會立刻打電話報警說妳失蹤了。但他們得等到春天才能找到妳，那時凶器也已經完全融化了。我很聰明吧？」

「妳……妳有病！」女孩回答，同時奮力想掙脫那女人的箝制。阿柏塔低頭看著她的姪女，露出邪惡的笑容。

「跑啊，孩子，妳逃啊。」她放開手，女孩兩膝著地，跌在地上。她在雪地上爬，拚命想要站起來，逃離這裡，但積雪太深，她又累又冷，根本沒有力氣逃。

阿柏塔姑媽這時趕忙繞到貓頭鷹雪人的後面，用肩膀抵住它，使勁兒地推。這時候瓦格納竟從高空俯衝下來，攻擊牠的女主人。巨大的貓頭鷹伸爪抓她，要她停下來。史黛拉這才明白她剛剛猜對了，牠真的有聽懂阿柏塔要把牠製成標本的那番話。

「瓦格納！**瓦格納！**你在幹什麼？」阿柏塔尖喊道。

但那隻鳥仍奮力想推開她，於是這個胖女人大力搥打牠的鳥喙。可憐的貓頭鷹當場暈過去，轉了幾圈後，栽在地上。

壞女人又回去猛推她的雪雕。

巨型的貓頭鷹雕像開始緩緩地朝她姪女的方向倒。

「再見啦，史黛拉！」她大聲喊道。女孩抬頭一看，超大的雪塊正往她砸下來，她就要被砸死了。

「不——！」

女孩哭喊。

乓砰！

史黛拉感覺自己被撞飛了出去！

原來她被吉伯猛然撞上。這個老管家正站在他的銀色托盤上，速度飛快地一路滑下綿長的草坡，他八成是誤打誤撞地自創出腳下的滑雪板。

只見他一手拿著熱水袋，另一隻手抓著兩只香檳杯，大聲宣告：「先生，這是頂級的香檳王。」

老管家莫名其妙地救了年輕女孩一命，意外地把她從正要砸下來的貓頭鷹雪人

底下撞出來。史黛拉最後**砰**地一聲跌在草地上。

「謝謝你，吉伯！」史黛拉說道，她從雪地裡坐起來，頭昏眼花。但老管家只是身子抖一抖，像平常一樣完全狀況外。「先生，這裡真是熱得嚇人。在我離開之前，我先幫你開個窗吧？」

39 壞蛋大野狼

阿柏塔姑媽此刻臉朝下地趴在貓頭鷹雪人裡，整個人跌在它上面。她慢慢爬起來站好，一張臉氣得通紅，然後開始大步跋涉草地，穿過厚厚的積雪，朝她姪女走去。她的憤怒讓她整個人大爆發，哪怕積雪深及膝蓋，她的腳步卻是越走越快。

小女孩衝向大宅的前門。還好她姑媽沒把門完全關上。但史黛拉才剛鑽進裡面把門拴上，阿柏塔就開始撞門了

碰碰碰！

門被她撞得劇烈抖動。

阿柏塔推開信件投遞孔，對著裡頭喊道：「小豬，小豬，快讓我進去！」

小女孩從門邊退後一步。「不行，絕對不讓妳進來！」

「那我要生氣囉，我要生氣囉……我要把門砸了進去哦！」

現場突然陷入詭異的寂靜，直到阿柏塔拿了把超大的雪鏟回來，氣呼呼地拿著鏟子不斷狠砸那道厚重的門……

乓！

木屑隨之四散飛濺。

史黛拉又往後退了一步。阿柏塔姑媽早晚會拆了這扇門。女孩必須快點想出辦法。壁爐！阿柏塔太胖了，一定爬不進去。於是史黛拉趕緊跑向最近的壁爐，就在餐廳裡。

史黛拉沿著走廊快跑，耳裡聽見前門脫離鉸鏈，撞上地面的聲響。

匡啷！

阿柏塔走進屋裡。

「壞蛋大野狼來囉！」阿柏塔姑媽喊道，同時把鏟子當成武器在頭上揮舞。

女孩衝進餐廳，鑽進壁爐裡，但就在她要爬上排煙管時……

啪！

她的腳跟被阿柏塔一把逮住。史黛拉低頭看見她姑媽躺在排煙管底下瞪著她看。女孩奮力掙扎，凹槽裡大坨煤灰跟著剝落，朝阿柏塔身上飛灑而下，她的眼睛和嘴巴全塞滿厚厚的黑色煤灰。

「**啊啊啊啊啊啊！**」她哭喊著。

邪惡的女人被煤灰嗆得不得不放開她姪女。她手一鬆開，女孩就趕緊爬上去，沒多久，就爬到壞姑媽搆不到的高度。

「妳逃不掉的！」阿柏塔厲聲說道。「我太瞭解要怎麼對付一個爬上排煙管的髒小孩了。我以前就做過，太簡單了。我要去點火！」

40 謎底揭曉

「妳說以前做過，這是什麼意思？」史黛拉在排煙管裡喊道。女孩不敢相信她耳裡聽到的，因為這跟煤渣告訴過她的他的死法完全如出一轍。

「讓妳知道也無妨，我弟弟……也就是妳伯父赫伯特多年前的失蹤，全是我的傑作。」阿柏塔姑媽從餐廳的壁爐那裡說道。

「原來如此！」史黛拉幾近自言自語。這三十多年來，那小嬰兒的遭遇始終成謎。

「他一出生，我就知道薩克斯比大宅會由他來繼承，而不是我。」阿柏塔解釋道。「所以我恨他，就像我恨妳爸一樣。於是我趁夜深人靜的時候，溜進他的嬰兒房，把他偷偷抱走。」

「妳怎麼能做這種事？」女孩質問道。

「這還不簡單，」阿柏塔回答道。「我把他抱到河邊，放進一個木盒裡，

讓他漂走就行啦。我以為那條河會把他吞沒，沒想到十年後，他竟然出現在薩克斯比大宅的門口，身上穿的像是個……」

「**煙囪清潔工！**」史黛拉大聲說道。煤渣……她一定是指煤渣！

「沒錯。」阿柏塔對女孩的回答很驚訝。「妳怎麼會知道？」

「因為煙囪清潔工的鬼魂一直在這屋子裡出沒。」

「沒有鬼這種東西，妳這個笨小孩！」

「有，真的有！就是他在幫我的忙！」

「那是妳幻想出來的。」在歷經了這麼多事之後，這女的還是拒絕相信有鬼。煤渣說得沒錯，大人的心太封閉了，絕對不會相信任何非親眼所見的東西。

雖然史黛拉很想快點逃走，但她也急著想查清楚整個真相。「妳怎麼知道那個煙囪清潔工就是妳弟弟？」

「因為他長得跟我另一個弟弟卻斯特——也就是妳爸爸一模一樣啊。只是比較矮一點、瘦一點。因為那小鬼是在救濟院長大，有一餐沒一餐的……不過他跟卻斯特簡直是一個模子印出來。而且這個令人作嘔的臭小鬼一直說，他覺得他以前應該有來過薩克斯比大宅，所以早晚家裡的人一定會發現他是誰。於是我就等到他爬進排煙管裏要清理時，在壁爐底下點了火。」

「妳這個怪物！」

「最厲害的地方是，我還找到一個僕人來頂罪。」

煤渣真的是我伯父！女孩心想道。這真是個爆炸性的消息。「那男孩是薩克斯比大宅的合法繼承人欸！」她大聲說道。

「他只是個小鬼，死了好多年了，不過就是一個掃煙囪的小鬼，誰會為他感到難過啊。」

史黛拉想了一會兒。「妳已經殺了我媽、我爸、我伯父……到底還要再殺掉多少人？」

「只剩一個，」阿柏塔姑媽說道。「就是妳！」

41 捉迷藏

這女的馬上在餐廳裡展開行動。她點了一根火柴，生起爐火。沒多久，濃密的黑煙裊裊飛上排煙管。史黛拉拚命往上爬，但眼睛被燻得猛流淚，沒多久就發現自己根本無法呼吸。

整個通風井瞬間被黑煙瀰漫，一片漆黑，她什麼都看不到。她突然間抓不住，整個人朝下方的爐火直墜而下，身體在排煙管的壁面之間不停彈撞，被撞落的煤灰像下大雨似地往下飛灑，量大到竟意外滅了爐火。

「該死！」阿柏塔吼道，此時史黛拉在離壁爐口還有幾寸的地方設法讓自己停了下來，又開始往上爬回去。沒多久，就爬到煙囪頂端，從管帽裡擠出去，攀上屋頂。史黛拉躺在那裡，上氣不接下氣，用力將新鮮的空氣吸入肺裡。

但是當女孩睜開眼睛時，竟看見屋頂邊緣有梯子探出頭來。看來壞女人不

肯善罷甘休。沒多久，染著一層煤灰的紅髮出現，接著是兩顆銳利的黑色眼睛，然後是邪惡的笑臉。

「我們的小捉迷藏遊戲結束了，ㄍㄨˇㄍㄨˊ找到妳囉。」

那女的爬上屋頂，原地站了一會兒，有點搖來晃去的。「小鬼，現在讓妳自己選吧。看妳是要主動跳下去呢？還是我好心推妳一把？」

這時已經是晚上，阿柏塔的輪廓被冬夜裡一輪低垂的圓月鑲在正中央。

「天網恢恢，妳絕對逃不掉的！」女孩大聲喊道，害怕地緊緊巴住煙囪的管帽。

「哦，我逃得掉的。目前為止，都沒有人逮到我啊！不過要是妳夠幸運的話，搞不

好我會在妳的葬禮上獻唱哦。」

「我寧願妳不要獻唱！」史黛拉回答她。

「妳唱歌就像殺豬一樣！」

「好大的膽子！」阿柏塔姑媽撲了上去，卻在積雪的屋頂上滑了一跤。

砰！碰！

她的肥肚皮貼著屋頂一路滑下去。

「啊——！」

就在史黛拉巴不得這女的當場跌死時，她竟及時用手指抓住屋頂上的排水槽。起初只是一片寂靜，阿柏塔懸空吊掛在屋頂外面。過了一會兒，女孩聽見她姑媽在叫她：「史黛拉？呃……史黛拉寶貝？」她的聲音變得又軟又甜，彷彿她是全世界最好的姑媽。

「幹什麼？」女孩質問。

「可不可以好心幫妳親愛的老姑媽拉一把？」

「不行！」

「拜託啦！」

「我為什麼要幫妳？」女孩追問。

阿柏塔的重量對她那肥短的手指來說實在太重了，於是正一根接一根地從排水槽上鬆開。

阿柏塔的語調突然一沉。「小鬼，如果不幫我，所有的錯就會都歸到妳頭上，包括妳爸媽的小車禍、還有妳親手殺了親愛的老姑媽。」

「可是我從來沒有殺過人！」史黛拉反駁道。

「但別人不會這樣想。妳完蛋了，」阿柏塔的話像條蛇似地在她心裡鑽來竄去。「全國上下都會認定妳是個冷血殺手。就算他們不直接送妳上絞刑台，也會把妳關上一百年！」

史黛拉思緒紊亂，不知如何是好。「可……可是我沒有做錯任何事啊！」她反駁道。

「要是讓我這樣死掉，就會構成謀殺罪。ㄇㄚ謀，ㄙㄚ殺，ㄓㄟ罪！」

現在不是糾正她姑媽注音的好時機，於是女孩保持沉默。

「妳親愛的爸媽不是把妳教養成一個好女孩嗎？」

「對……對啊。」

「妳總不希望他們覺得有這樣的孩子很丟臉吧？」

「不……不希望。」

「那就拉我上來，」阿柏塔說道。「我答應妳，我不會再傷害妳。」

史黛拉一屁股坐在斜傾的屋頂上，慢慢朝她姑媽的方向滑下去。

「這樣才乖啊，」她姑媽鼓勵道。「相信我，孩子，我保證不會再有壞事發生。」

史黛拉朝那女的伸出手。阿柏塔緊緊抓住，然後突然猛力一扯，把她姪女也拉下屋頂。

「啊——！」女孩在半空中放聲尖叫，一陣慌亂中，僥倖抓住阿柏塔的腳踝。

那女的低頭看著緊抓住她腳踝的女孩。

「如果我得不到薩克斯比大宅，那麼誰也別想得到它！」

說完，這女的就鬆手放開排水槽，兩人當場直墜而下……

「啊——————！」

42 一片死寂

突然間，出現兩隻大翅膀拍打的聲音。一隻貓頭鷹劃破夜空。

咻——呼！

史黛拉感覺到她被瓦格納突然一把抓住，沒再往下掉。

阿柏塔姑媽則狠狠撞上雪地，發出一聲巨響……

乓！

瓦格納把女孩輕輕放下，然後朝牠的女主人跳過去。史黛拉緊跟在後。他們得確定那個壞女人是不是死了？

阿柏塔在一大坨被清出來的雪堆上，躺在那裡動也不動，甚至沒有聽見她吞下最後一口氣的聲響或者抽搐的聲音。一切靜悄悄的。

完全死寂。

史黛拉放心地吁了口氣。但就在她轉身要離開時，意外看見那女的小指頭動了一下，然後是她的手，接著是她的手臂。最後頭昏眼花的阿柏塔竟七手八腳地爬了起來，全身上下覆滿白雪，看上去活像是個大雪怪。*

阿柏塔站在原地搖搖晃晃了一會兒，這才伸手抹去眼睛前面的雪。她完全沒有受傷。地上的大雪堆救了她一命。

「好了，我們現在玩到哪兒了？」阿柏塔微笑說道。「啊，對了，我正要把妳幹掉！」

女孩趕忙跑過草地，逃之夭夭，

*一種體型龐大、毛茸茸的白色人猿，就住在尼泊爾的喜馬拉雅山上。

瓦格納也飛竄上天，在天空不停盤旋打轉，瘋狂地嘎嘎尖叫。

嘎——嘎——嘎！

女孩以前從沒聽過這隻貓頭鷹發出過這種聲音。

但這時，就在離薩克斯比大宅不遠處的林子裡，突然傳出大批貓頭鷹的嘎叫聲，好像都在回應瓦格納。林子裡的樹枝一陣窸窣抖動，數以百計的貓頭鷹成群結隊地飛了出來。

史黛拉沒時間多想這是怎麼回事，她只想趕快逃走。可是逃去哪裡呢？女孩在雪地裡跌跌撞撞，她姑媽正追了來，並從口袋掏出一顆上了鏈條的帶刺鐵球，拿在頭上不停甩動。

呼嘩，呼嘩，呼嘩！

鐵球八成是阿柏塔從大宅裡那尊盔甲身上拿出來的。它是很危險的武器，有一根很長的木製把手，把手連著鏈條，鏈條尾端是一顆針狀的鐵球。就算是個成年人，只要被它擊中，也會當場一命嗚呼。這顆鐵球已經有好幾百年沒拿出來當武器用了，直到這一刻。

「求求妳，阿柏塔，我求求妳……」史黛拉哀求她。

呼嘩，呼嘩，呼嘩！

但那女的卻把鐵球愈甩愈快。

「小鬼，我希望妳這悲慘的一生已經像跑馬燈一樣在眼前閃現了，因為妳的死期到了。ㄕˇ死ㄒ一ˊ期到了！」

說完，阿柏塔就把鐵球往空中用力一甩。

「不——！」史黛拉尖叫。

但阿柏塔還沒來得及甩向史黛拉……數以百計的貓頭鷹就嘩地一聲從天而降。

嗡嗡嗡嗡嗡！

從體型最小的小貓頭鷹到體型最大的巨形灰色貓頭鷹，全都合力用爪子抓住阿柏塔，動作一致地把她拎上天空。

「啊啊啊啊啊啊啊啊啊！」阿柏塔放聲大叫，鐵球從她手裡掉落，砸在積雪的草地上。

碰！

瓦格納在屋頂上嘎嘎大叫，顯然正在向牠的夥伴們下達命令。

史黛拉只能驚愕地看著。阿柏塔姑媽又踢又叫地被成群結隊的貓頭鷹擄走，沒入夜空，身上覆蓋的雪不斷從高空掉落。牠們抓著她愈飛愈高，甚至飛到雲層之上。沒過多久，那位體型龐大的女士就變成了一個小點點。史黛拉的眼睛眨都不敢眨一下。她必須確定這一切真的結束了。

「嘎～～～～～～～～～！」瓦格納嘎嘎大叫，向空中的鳥夥伴們下達震耳欲聾的指令。

牠們立刻聽命，鬆開爪子，放掉那個壞女人。

「啊啊啊啊啊啊啊啊啊啊啊！」阿柏塔

驚聲尖叫，從高空一路翻滾而下。

她的身體撞上地面的一剎那，遠處荒野傳來

砰！

一聲巨響。史黛拉甚至被晃動的地面震了一下。

她的壞姑媽終於死了。小女孩輕輕地吁了口氣，放聲喊那隻英勇的貓頭鷹過來。「瓦格納！」大鳥朝女孩站立的地方跳過來。「謝謝你。」她說道，同時伸手抱住牠。貓頭鷹也緩緩張開翅膀，抱了回去。

「你救了我一命。」小女孩低聲說道。

大鳥咕嚕咕嚕地輕聲回答。史黛拉不太明白貓頭鷹到底在說什麼，但多少猜得出來。「瓦格納，我還需要你幫忙。」大鳥歪頭看她。牠在聽。女孩用手勢幫忙解釋自己的意思。「我需要你載我飛到湖面上，」史黛拉指著湖面。「我們必須找到煤渣……

我是說我的伯父。」

女孩攀上大鳥的背，抓緊牠頭頂上那兩綹簇狀耳羽。由於重量加重的關係，瓦格納得助跑一下才能起飛。但牠辦到了。對史黛拉來說，這經驗很刺激，感覺像在駕馭一台飛機。那是一種極致的感官饗宴。她在天上飛了！仰頭是漫天星子，風在髮間流洩。貓頭鷹從湖面上方滑翔而過，她低頭查看鬼魂的蹤跡。月光下，浮在水面上的碎冰閃閃發亮。此刻看上去一片平靜祥和，

完全看不出來今天稍早前冰面上曾經翻天覆地的痕跡。

史黛拉先是看到沉在湖底深處的幽暗車影，接著就突然瞥見冰面下方的湖底有個小小的人影被纏在結冰的蘆葦叢裡。

「在那裡！」她伸手指。瓦格納循著她手指的方向飛下去，降落在他們所能找到的最大一塊冰面上。

「他在湖底！」史黛拉說道，同時從冰塊邊緣探頭窺看冰冷的湖底。女孩不確定鬼魂是不是會死第二次。

但她看見他面部僵硬、一動不動地躺在那裡，她不免擔心情況可能更糟。這時她突然聽見**唰**地一聲！瓦格納竟然潛進湖裡。史黛拉驚詫地看著那隻英勇的貓頭鷹游進水裡去救男孩回來。瓦格納用鳥喙咬住煤渣的襯衫，並加速游回水面。

女孩跪了下來，趕緊先把鬼魂拖上冰面，再幫忙貓頭鷹上來。瓦格納甩乾身子，史黛拉連忙彎腰俯看已了無生息的可憐鬼魂。

「赫柏特伯父……」她低

聲道。「赫柏特伯父。」

鬼魂吐了幾口水出來，正中女孩的鼻子。「誰素赫柏特阿伯啊？」他問道。

「你還活著！」她大聲說道。

「哪有，偶屬（死）了。」鬼魂答道，同時看著女孩，那表情活像她很笨似的。

「啊，對，你死了。」史黛拉回答。

「誰素赫柏特阿伯？」

「就是你啊！事實上，你的完整頭銜是薩克斯比大宅赫柏特．薩克斯比爵士。」

「妳在說**瞎毀**（**什麼**）！」鬼魂搖搖頭。「小姐，妳素喝太多雪利酒了嗎？」

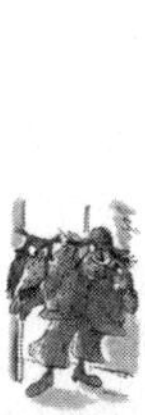

43 我答應你

他們兩個終於安全回到薩克斯比大宅。一回來，他們就坐在起居室裡。女孩重新點燃壁爐裡的火，將故事完完整整地告訴煤渣，說阿柏特其實是他的親姊姊，她是怎麼把還是小貝比的他放進箱子裡，再丟進河裡，讓它漂走。

「救濟院裡的人也說偶是這樣被找到的！」煤渣解釋道。「偶在盒子裡順著**泰晤素河**（**泰晤士河**）一路漂流。」

史黛拉告訴她伯父，他那壞姊姊是如何在他回來的時候認出了他，於是故意點燃爐火，想徹底擺脫他。

煤渣很是驚訝，不過他現在終於懂了。「難怪偶那天一進來薩克斯比大宅，就覺得偶以前有來過這裡，偶從骨子裡就感覺得到。」

鬼魂瞪大眼睛地聽完所有來龍去脈之後說道：「**隨**（**誰**）會想得到呢？偶這麼小，可素偶素**爵素**（**爵士**）欸！哈哈哈！」煙囪清潔工一想起此事，便不由得大笑，然後開始裝模作樣出他自以為的優雅語調。「哈囉，偶素爵素，妳不諸道嗎？呵呵呵！」

史黛拉也開心地跟著大笑。「但這是真的！這整個地方都是你的！我現在一想到你以前只是一個小小的煙囪工，我就很難過。」

煤渣咯咯笑。「小姐，不用難過啦。」

「我以前不該那麼勢利的。現在我終於明白，不管你在救濟院長大還是皇宮長大，我們都是一樣的。」

鬼魂對她微笑。「小姐，偶們的確都一樣。」

「不要再叫我小姐，叫我史黛拉就好了。」

「對吼，史黛拉小姐。」

兩個孩子咯咯笑了起來。這時煤渣又忍不住打趣說：「可素妳應該叫偶爵素大人！」

這時門廳裡的落地鐘午夜準點開始打鐘。

噹噹噹噹噹噹噹噹噹噹噹噹！

史黛拉這才知道已經聖誕夜了。她的生日到了。

「我十三歲了！」她興奮地說道。

鬼魂一想到她十三歲了，立刻垂頭喪氣。

「怎麼了？」她問道。

「妳長大了，馬上就不能再看到偶了。」

「我一定能夠看到你！」史黛拉反駁道。

「不行，」鬼魂搖搖頭，「大人看不到鬼的。」

起初史黛拉並沒有注意到，但鬼魂的輪廓真的正在變淡。

「你在消失欸……」她輕聲說道。

「小姐，偶剛不就跟妳說了嗎？偶們最好現在就說再見吧。」

「可是我不想要你走，」她哀求道。「你是我剩下的唯一親人了。」

「偶會一直都在這裡啊。」鬼魂回答。

「可是你正在消失，就在我眼前消失！」

「偶告訴過妳偶會消失啊！你們都只想要長大，但小孩其俗（其實）很特別。還素小孩的時候，妳才會看到這世上所有神奇的魔法。」

女孩的心碎了。「那我再也不要長大。」

鬼魂身上的光幾乎快要消失。史黛拉眼睛都不敢眨，深怕一個眨眼，他就永遠不見了。

「每個人最後都要長大，」鬼魂說道。「可素就算妳看不到偶，偶也永遠都在這裡，就在妳身邊。小姐，答應偶一件素。」

鬼魂的形體愈來愈模糊。

「我答應你，我答應你，到底是什麼事？」史黛拉哀求道。

「答應偶就算妳再也沒辦法用妳的眼睛看到這世上的神奇魔法，妳心裡也要相信它素存在的。」

「我答應你。」她低聲道。

最後史黛拉只看得到鬼魂那隱隱約約的笑容。

然後他就完全不見了。

尾聲

那一年薩克斯比大宅的聖誕節很不一樣，長桌上只圍坐了三個成員：史黛拉、瓦格納和吉伯。桌上沒看到傳統的烤火雞和配菜，老管家送上桌的竟然是一大盤烤樹籬。它嚼不爛，一點也不好吃，但心意算是到了。

聖誕節的第二天過後，女孩終於明白自己必須面對擺在眼前的事實。不管她再怎麼想住在薩克斯比大宅，她很清楚她不可能自己管理這整棟房子。於是她把電話線重新接上，向外求助。

由於她在法律上仍未成年，於是那些負責管事的大人決定讓史黛拉打包去住孤兒院，等到她十八歲，再正式繼承薩克斯比大宅。孤兒院裡都是跟她一樣父母雙亡的小孩，再不然就是從沒見過自己的親生父母。那裡是窮到不能再窮的人共同的家。

雖然孤兒院的女舍監已經盡了最大努力，但院裡還是人滿為患。數以百計的院童同擠在一棟宿舍裡，一張床睡四個人，一個月只洗一次澡，外面根本沒有地方可以讓他們玩。

想也知道，從小養尊處優，住慣了鄉村別墅的史黛拉，雖然已經盡量藏起自己的適應不良，但住在孤兒院裡的感覺還是令她很難過。現在史黛拉終於明白可憐的煤渣當初為什麼要逃離救濟院。某些夜裡，她甚至會在床上哭到睡著。史黛拉不只希望自己可以過更好的生活，也希望這裡的每個孩子都可以過得更好。

於是有天早上，她帶著她的點子去找女舍監：為什麼不把孤兒院搬到薩克斯比大宅呢？

「薩克斯比女爵，妳真的確定？」女舍監問道。

「叫我史黛拉就好。沒錯，我確定。」女孩回答。「那麼大的房子沒人住，有什麼用呢？」

女舍監的臉上露出了大大的笑容。「這主意太好了！孩子們一定會愛上那裡！」

他們的確愛上了那裡。孤兒們終於都有自己的床可以睡，每晚都有熱水澡可以洗。夏天的時候，還可以在草地上玩耍，跳進湖裡游泳。

事實上，現在的薩克斯比大宅好像一直都像夏天一樣。老管家吉伯那些滑稽好笑的舉動每天都把孩子們逗得很樂，膽子大一點的孩子甚至敢騎上那隻叫瓦格納的大巴伐利亞山貓頭鷹的背。

當然史黛拉後來就長大了，但薩克斯比大宅從此成為孩子們的家。它是全世界最快樂的孤兒院。

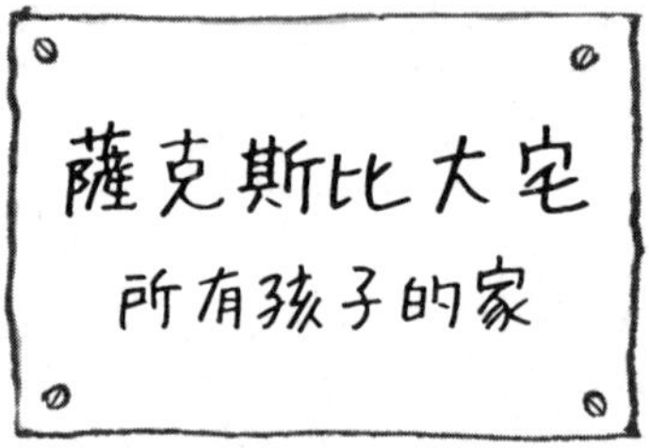

如果今天你去造訪那裡，或許會看見一個很老的老太太正在外面的草地上跟一群年幼的孤兒一起

玩耍。

這位老太太的名字叫史黛拉。史黛拉・薩克斯比。她已經九十幾歲了，而且不准任何人再稱她「女爵」，只要叫她「史黛拉」就行了。

如果你是個小孩，也許還可以看到其他的東西……

一些大人都看不到的東西。

比如小小的煙囪清潔工鬼魂正開心地跟其他孩子們在草地上玩。

一封抱怨信

親愛的讀者：

我先自我介紹一下。我叫拉吉，我開了一家書報攤。我有一些豐功偉業，所以挺有名的。譬如今天，我剛用十八瓶檸檬汽水的價格賣掉了十七瓶。而且目前為止，我一直都是大衛·威廉（沒錯，這真的是他的名字）所有六本著作裡的主角。第一本是《穿裙子的男孩》（聯經出版），然後是《臭臭先生》（晨星出版），《小鬼富翁》（晨星出版）、《神偷阿嬤》（晨星出版）、《鼠來堡》

（晨星出版），還有最後一本《巫婆牙醫》（晨星出版）。

所以拜託你們想像一下，當我讀到他最新的這本作品《壞心姑媽》時，竟然發現我拉吉在裡頭完全沒出現，我會有多驚訝？若要問我的意見，我是覺得這本書無聊至極，因為它的故事場景全發生在古代。誰喜歡古代的故事啊？根本是垃圾！我還比較喜歡羅德·達爾呢（*Ronald Dahl*，英國有名的兒童文學作家）。

這本書把我完全排除在外，這讓我非常生氣。生氣到我真的是徒手砸碎了一塊牛奶軟糖。我知道，我很有男子氣概。

來到我店裡的孩子大多告訴我，他們之所以只讀那個什麼大威利棒先生（天知道他的蠢名字是什麼）的書，全是因為我——拉吉——在書中是主角。而且大家也知道，現在有愈來愈多的拉吉粉絲，或者說拉吉啦啦隊。他們就跟我一樣完全跳過書裡其他無聊的內容，只挑有我的部分看。

因此我要拜託你們跟我一起連署在紙上請願，要求讓我拉吉在他下一本書裡重出江湖。我也寫了信給首相和英國女王。他們兩人

都措辭親切地回信給我，要我不要再寫信給他們了。

如果威利好棒棒先生（搞不好他可以改叫這個名字）還有一點理智的話（我很懷疑他有嗎？），他就會聽我的話，也會聽這世上數十億拉吉粉絲的話。

不敬上

拉吉

P.S. 我徒手砸碎的這塊牛奶軟糖可用半價在我店裡買到哦。

請進此連結，為拉吉簽名請願：

www.worldofwalliams.com/bringbackraj

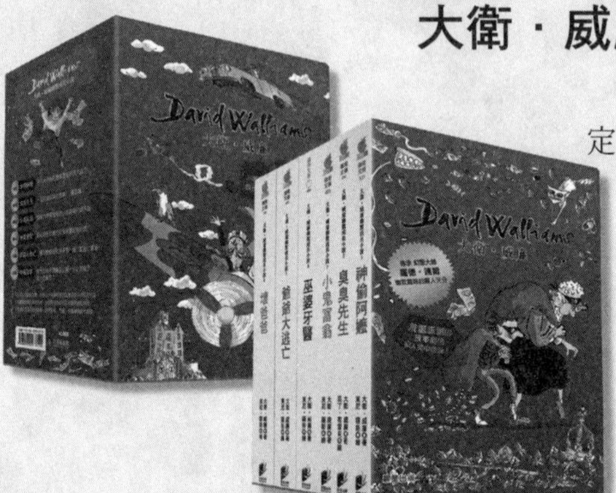

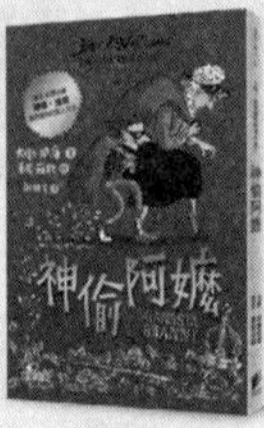
神偷阿嬤

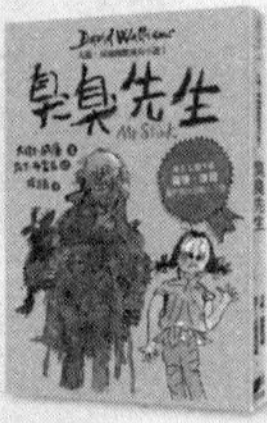
臭臭先生

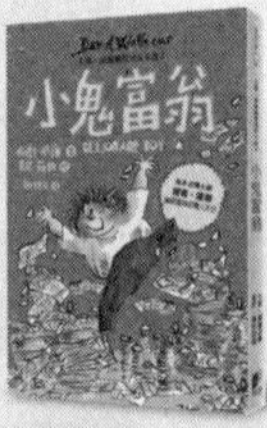
小鬼富翁

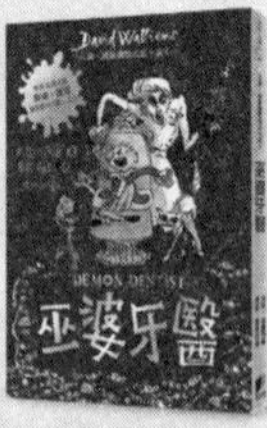
巫婆牙醫

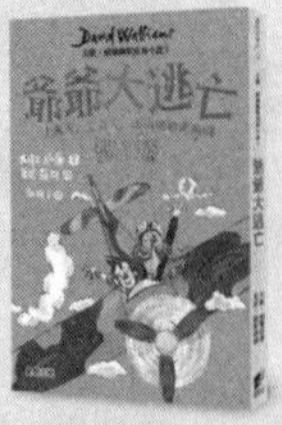
爺爺大逃亡

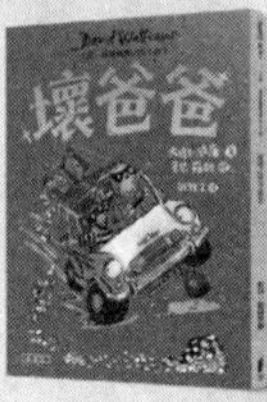
壞爸爸

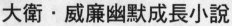

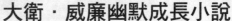

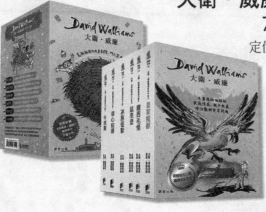

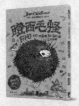

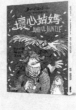

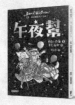

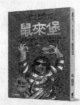

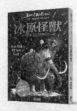

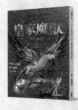

國家圖書館出版品預行編目資料

壞心姑媽 / 大衛・威廉（David Walliams）著；東尼・羅斯（Tony Ross）繪；高子梅譯. -- 初版. -- 臺中市：晨星，2020.01
360面；14.8 x 21公分. --（蘋果文庫；130）（大衛・威廉幽默成長小說；8）

譯自：Awful Auntie

ISBN 978-986-443-951-5（平裝）

873.59　　108019737

填寫線上回函，
立即獲得 50 元購書金

蘋果文庫 130

壞心姑媽

作者 | 大衛・威廉（David Walliams）
繪者 | 東尼・羅斯（Tony Ross）
譯者 | 高子梅

責任編輯 | 呂曉婕、謝宜眞　文字編輯 | 謝宜眞
校對 | 謝宜眞、陳品蓉、呂曉婕、陳智杰
封面設計 | 鐘文君　美術設計 | 張蘊方

負責人 | 陳銘民
發行所 | 晨星出版有限公司　407臺中市工業區30路1號
TEL：（04）23595820 FAX：（04）23550581
E-mail:service@morningstar.com.tw
http://www.morningstar.com.tw
行政院新聞局局版台業字第2500號
法律顧問 | 陳思成律師
初版 | 西元2020年01月01日
四刷 | 西元2023年12月31日

讀者服務專線 | TEL：（02）23672044 /（04）23595819#212
讀者傳眞專線 | FAX：（02）23635741 /（04）23595493
讀者專用信箱 | service@morningstar.com.tw
網路書店 | http://www.morningstar.com.tw
郵政劃撥 | 15060393（知己圖書股份有限公司）
印刷 | 上好印刷股份有限公司司
ISBN | 978-986-443-951-5
定價 | 新台幣 380 元